THE FLACA FILES ②

THE CASE OF THE THREE KINGS

THE CASE OF THE THREE KINGS

Alidis Vicente

PIÑATA
BOOKS

PIÑATA BOOKS
ARTE PÚBLICO PRESS
HOUSTON, TEXAS

The Case of the Three Kings is made possible through a grant from the City of Houston through the Houston Arts Alliance. We are grateful for their support.

Piñata Books are full of surprises!

Piñata Books
An imprint of
Arte Público Press
University of Houston
4902 Gulf Fwy, Bldg 19, Rm 100
Houston, Texas 77204-2004

Cover design and illustrations by Mora Des!gn Group

Library of Congress Cataloging-in-Publication Data available.

∞ The paper used in this publication meets the requirements of the American National Standard for Information Sciences—Permanence of Paper for Printed Library Materials, ANSI Z39.48-1984.

Printed in the United States of America
May 2016–June 2016
Versa Press, Inc., East Peoria, IL
10 9 8 7 6 5 4 3 2 1

TABLE OF CONTENTS

In memory of my great-grandmother, Alejandrina Rodríguez. I will remember you in your rocking chair, looking at the landscape through your bedroom window. No one can take you from that land. Until next time, Mamita.

FROM THE DESK OF DETECTIVE FLACA

Dear Junior Detective,

It's me, Detective Flaca, with a confidentiality agreement for you to sign. This book isn't about a bunch of awesome mysteries I've solved, even though I have cracked some pretty big ones. This story, my friends, is about one major case that left me with serious questions to answer and answers that left me with serious questions. That probably sounds kind of confusing, but it'll make sense later. For now, just sign the form below so I can make sure my methods of mystery mastery don't fall into the wrong hands. I'm sure you understand how important that is, don't you? Good. So sign, and let's get this trip on the road. Fasten your seat belt, we're going to Puerto Rico. I hope you enjoy the ride!

Carefully yours,

Detective Flaca

I, _____, do
solemnly swear not to reveal any of Detective Flaca's
extra awesome detective methods to any villains, evil
masterminds or criminals in training. I promise to use
Detective Flaca's totally confidential information solely
for learning and creative purposes and will not criticize
any of the characters (except maybe La Bruja). Lastly, I
promise to read the whole book and look up any words I
don't understand in the dictionary so that one day I can be
an even smarter and better detective than Detective
Flaca, if that's even humanly possible.

Signed,

_____

CHAPTER 1
Worst Christmas Gift Ever

Last year I got what I thought was the worst Christmas gift in the history of gift giving. Worse than a lump of coal. Worse than an ugly, itchy holiday sweater. Even worse than fruitcake. I got a plane ticket. You're probably thinking, "A plane ticket? That's the most awesome gift ever! What are you talking about?!" Allow me to explain.

On Christmas morning, my family and I were done with opening the gifts found under a beautifully decorated Christmas tree, which, of course, *I* decorated. I love Christmas. I love the fresh smell of pine coming from the giant tree my dad lugs through the house every year. He drags it on the wood floor into the living room, and my mom always runs behind him the minute he walks in the door, picking up fallen pine needles with a dustpan. My sister, La Bruja, just sits in her room and pays no attention. She couldn't care less. I totally expect that,

3

because decorating a Christmas tree the right way takes dedication. It takes skill and an eye for detail, all things she doesn't have. Luckily, I'm around and have always used my sharp detective eyes for setting up the Christmas tree. I divide the ornaments by shape and color. Then, I take white lights and wrap them around the tree, making sure there is equal space between the rows of lit bulbs. Afterward, I place the ornaments on the tree in such a way that no ornaments from the same group are too close to one another. I have it down to a science and nail it every year.

Anyhow, back to my story. We were all done with opening our stuff. My dad had gotten a new fishing pole, one he had wanted for forever but my mother always said was too expensive. My mom got a purse. Just one handbag, but I guess it cost as much as three regular purses, because she nearly flew through the chimney with excitement when she opened it. My older sister, La Bruja, well, she got a bunch of gift cards, which is exactly what she wanted. She always gets what she wants. Annoying. Unlike my sister, I value the thought behind gift giving, as long as it's something I'd put on my Christmas wish list. My parents got me a brand-new fingerprint-taking set, a police-quality miniflashlight and something I have wanted for a really long time—police tape, so I can block off any crime scene. You wouldn't believe how many people just trample on an area I am working on with no respect for my need to keep it completely untouched. Details matter, people!

We were all happy little elves that Christmas morning. I was piling up my gifts, getting ready to chow down on my mom's signature eggnog waffles and homemade hot chocolate with green, red and white marshmallows. That's when it all went downhill. My parents came over with envelopes in their hands. My father handed one to me, and my mother handed one to La Bruja. I knew something was up because they were looking at each other, smiling. I hoped it wasn't something awful, like tickets for La Bruja and me to go to some type of event together for that disastrous thing our parents like to call "sisterly bonding." I sat there for a moment, unsure if I wanted to even open the envelope. I'm not a fan of surprises.

"Well, what are you waiting for? Open it," said my dad.

La Bruja ripped her envelope open like a savage beast, hoping for another gift card.

"What does this mean?" she asked.

I opened my envelope. Inside was a ticket. It only took me a moment of scanning with my flawless vision to pinpoint what kind of ticket it was. "It's a plane ticket, genius," I said to La Bruja. She jumped from the floor in her reindeer pajama pants and hugged my mother.

"Where are we going? The Bahamas? Jamaica? Oh, wait! Paris?!"

La Bruja was shivering with excitement. Her bouncy, curly hair was jiggling all over the place as she spoke. It was starting to give me motion sickness.

I decided to look at the ticket instead. "We're going to Puerto Rico." Then I realized the dates on the ticket. "Dad, it says we leave in a week."

"That's right! So start packing your bags, girls. We'll be gone for five days."

La Bruja and my mom were practically rumba dancing in the living room with joy. I, on the other hand, was not happy.

"We can't go for five days! We'll miss the first few days of school back from winter break," I exclaimed.

"Don't worry, Flaca," my mom said. "We have already talked to your teachers. Everything is fine." I couldn't believe it. My parents had gone behind my back to plan a vacation without even asking my opinion. They had just volunteered my participation and hadn't even considered my work obligations.

"But I have deadlines with my cases. Crime doesn't rest! Besides, there are other things to consider. I can't believe nobody told me about this!"

If my parents had consulted me on a vacation destination, I would've warned them of the dangers of going to the Caribbean. The UV sunray exposure, the occasional outbreaks of sicknesses carried by mosquitoes (and we all know how much I love mosquitoes).

Couldn't we have gone instead to Washington, DC? Somewhere educational? To somewhere we could *drive*?

"Uh-oh! I think somebody's scared to get on the plane. Don't worry, Flaca, I'll bring diapers in case you wet yourself," said La Bruja.

I wondered how she even got presents on Christmas to begin with. There was no possible way on earth she wasn't on the naughty list. Now is probably a good time to mention I don't like flying. At all. I'd rather hug my sister than get on a plane—that's how much I detest it. I'm not scared or anything, because once you've seen so much crime in your life, it's hard to get frightened anymore. But there's something about planes I just don't trust.

I get the whole "It's the safest way to travel" explanation. It's just, you're like in a plane by a window and on the other side of that window is 35,000 feet between you and the ground. It doesn't take an FBI investigator to calculate the amount of risk and danger in that equation.

"Now, now, girls. Everything is going to be fine. We're going to have a lot of fun at my grandmother's house! Especially with everyone celebrating Three Kings Day," said my mother.

"Whoa, whoa, whoa. We're staying at Mamita's house?" asked La Bruja. "But there's no air conditioning. No cable TV. No Wi-Fi!" Now La Bruja's irritatingly wide smile had turned into a bratty pout. If there was anything she couldn't live without, it was her makeup, iPhone and Wi-Fi.

"Aw, what's wrong? Someone afraid of a little nature? Don't worry, I'll bring you some tissues in case you cry yourself to sleep," I said.

La Bruja squinted her brown eyes at me while I walked past her and up the stairs to my room.

"If you'll excuse me, I'll be in my room . . . packing for this lovely, sweaty camping trip."

"We're going to have fun, Flaca! Celebrating Los Reyes Magos is more fun than Christmas!" my dad yelled as I stomped up the stairs.

Planes, heat, no air conditioners and my sister. Sounded like a holiday nightmare to me.

CHAPTER 2
Flying Camels

My suitcase was empty on my bedroom floor, and it would stay that way for a while because I had research to do. First, I checked the website of the Federal Aviation Administration to make sure there hadn't been any recent plane crashes in the Western hemisphere. Then, I checked for travel alerts from the Department of State. Being the careful detective I am, I needed to be absolutely certain there was no reason we shouldn't go on this trip, because if there was, I would definitely report my findings to my parents and cancel this whole miserable vacation. But there weren't any. Ugh. There was no way I was getting out of this mess.

I stared at my computer screen until my eyes got blurry. My mind began to wander, and my brain was soon full of questions. Why were we going on this trip? Three Kings Day? What *was* that, anyway? In our house, there was no celebration past New

Year's. And if there was this unknown holiday, why had we never celebrated it before? Were there presents involved? If there were, it would make sense that our parents had never told us about it before. I needed answers. Since I was already on the computer, I decided to do some investigating. Turns out, Three Kings Day is a superpopular holiday in Latin America, celebrated on January 6th. On the night before, children collect grass in a box and put it under their beds with a glass of water. Overnight, three wise men come on their camels to give the kids gifts, while their camels eat the grass and drink the water. I nearly laughed out loud. Three men on flying camels? How come nobody found this creepy? I mean, where were these men getting all these gifts from?

Then all the pieces of the puzzle started to come together. These "Three Kings" might've stolen gifts from Santa Claus or even swiped them from under Christmas trees all around the world! They would hold on to them for a while and give them out on January 6th so they would look like heroes and take the shine off Christmas. Or these kings could be regifters. You know, people who don't like their Christmas gifts and then just rewrap them and give them to someone else. So ungrateful. Yup, I bet that's what the Three Kings holiday was all about: recycling Christmas gifts. I had pretty much almost solved the entire holiday already, and I hadn't even gone to Puerto Rico yet. I know, I know. I'm good, but there was still more work to be done. Ultimately,

this holiday had "suspicious activity" written all over it, and I would get to the bottom of it.

I began mapping out my course of action on the dry erase board on my bedroom wall. That's where I held all my morning briefings with, well, myself, and organized my plan of attack. I drew this outline:

I. Observe the landscape.
   A. Is there room for camels to land and walk?
   B. Are there optimal flying conditions?
   C. Take note of points of entry into the house and bedroom.

II. Identify any accomplices.
   A. Who, if anyone, could be helping these "Kings"?
   B. Observe suspicious behavior.
   C. Check for unusual items around the house.

III. Stake out.
   A. Go in stealth mode and stay up all night.
   B. Catch the culprits.
   C. Bring them in for questioning.

IV. Expose the "Kings."
   A. Show everyone how awesomely smart you are.
   B. Make Christmas the main holiday so you don't miss school next year.
   C. Never stay in a non-air-conditioned place in Puerto Rico ever again.

I went downstairs to talk to my parents over breakfast. All the thinking and researching had brought back my appetite. La Bruja had already started eating, but she didn't look nearly as happy as when she thought we might've been going to Paris. I would love to be able to get her a one-way ticket there. I sat at the table, and my mom served me waffles. I asked for an extra-large mug of hot chocolate. I needed the sugar.

"Do you have any questions about our trip, girls?" asked my father. It was just like him to ask a question he already knew the answer to. Of course we did!

"Yes, I'd like an explanation as to exactly what happens on Three Kings Day," I said.

I sipped my hot chocolate. It nearly burned my tongue off. Was my mother trying to distract me from some master plan she and my father had by scorching my taste buds? That question would have to wait for another day. I kept eye contact with my father, waiting for an answer.

"Well, it's a very important holiday in Puerto Rico and most Latin American countries. The children put grass in boxes, and . . . "

"Yeah, yeah, yeah, I read all about it. I want to know what *really* happens," I demanded.

My parents looked at each other for a moment. They were keeping something from me. I could smell it.

"You don't expect me to believe camels fly all over the world with wise men on their backs, eating grass and delivering presents, do you? Camels are one of the slowest animals on earth! They couldn't possibly do that. Besides, there aren't even any camels in Puerto Rico!" I exclaimed.

I tried to stay as professional as possible while interrogating my parents, but my mom's eggnog waffles were teasing me with their scent. I couldn't resist the temptation. I began stuffing them into my mouth while I waited for an explanation.

"Children all over the world, including you, have long believed in a man riding a sleigh being pulled by flying reindeer. If you can believe that, why can't you believe this?" my mother said.

She was good. Always reversing my questions on me. The worst part was, this time she had a point. I pretended my mouth was too full to come up with something clever to say. After a few minutes, I had a comeback. "So why do these wise men only visit kids in certain parts of the world? What about the rest of the globe? Where have they been all my life?"

"They visit those who believe," answered my mother. "And it doesn't sound to me like you're much of a believer."

I sipped my hot chocolate again. It had cooled down since my last taste, but my tongue was still slightly numb.

"This is about presents, isn't it? You don't want us to get more presents, so you have completely denied us this holiday. I hope these kings have extra camels, because they owe me ten years of gifts."

La Bruja decided to join the conversation. She had been ignoring us the entire time while she ate and uploaded pictures of her plane ticket onto the internet for her friends to see. "Flaca, why are you being so annoying? Who cares about what happens? The only thing you should be worried about is getting a tan. Aside from your freckles, you're practically invisible in the snow."

"You're right. I am. Next time we're outside, I'll use my invisibility to launch the dog's yellow snow at you."

"Okay, cut it out, the both of you!" said my father. He always tries to keep the peace. "We are going on this vacation, and everyone needs to make the best of it. Three Kings Day is about more than presents and camels. It is about our family's culture and traditions, and this year we will share them together with our family in Puerto Rico."

Culture and traditions? I got enough of that when my mom watched Spanish soap operas or made me eat twelve grapes on New Year's Eve.

CHAPTER 3
The Island of Enchantment

A week later, I found myself walking down a platform from the airport gate while glaring at the entrance to a plane that would land me either safely at our destination or unsafely somewhere else. I stared at the outside of the plane for a moment and put my hand on the cold metal before taking a deep breath and stepping inside. The captain of the plane was standing at its entrance with a flight attendant.

"Good morning! Welcome aboard," said the flight attendant.

She was way too cheery for me and, anyway, not the person I wanted to speak to.

I looked at the captain and asked, "Has this plane been flown yet today?"

He tilted his head and looked at me silently for a moment. The flight attendant gave him a puzzled look.

"Why do you ask?" said the captain.

Ugh. Why couldn't he just give me a simple answer? People are always answering my questions with questions. It drives me crazy.

"Well, if the plane has already been flown today and has gone somewhere and back safely, then it will probably get me where I'm going safely," I said.

My mom put her arm around me and tried to push me along, but I shrugged her off and stood my ground. "You'll have to excuse her. She's a little afraid to fly," she whispered.

"I am not!" I demanded. "I just need to know, that's all, for safety reasons."

The captain nodded his head and smiled. "Nobody has ever asked me that before. You have a very smart way of thinking. Good point. And yes, it has been flown today."

"Thank you," I said. "Oh, and make sure you stay awake."

"Will do," said the captain. He winked his eye at me, and the flight attendant showed us to our seats.

I sat on the aisle in seat 14C. La Bruja insisted on having a window seat, and for once we didn't argue. I wanted nothing to do with a plane window. My mother sat between us, and my father sat across the aisle next to me. I fastened my seat belt tightly and reviewed my packing check list to make sure I hadn't forgotten anything.

MUST BRING:
- Sunglasses
- Straw hat

- Abuelo's glasses
- Lots of shorts and T-shirts
- Bug spray
- Detective stuff
- 10 tubes of sunscreen (apply every 90 minutes for 5 days)
- Books on "How to Survive in the Wild"

Yup, I had everything. When I was done going over my list, the flight attendants began their safety instructions. I stared at them and followed along in the packet on the back of the seat in front of me. I located every exit on the plan, flotation devices and the oxygen masks overhead. As I was carefully taking these precautionary steps, I noticed no one else on the plane seemed to be paying attention to the flight attendants. Men were reading or sleeping. Teenagers were on some sort of electronic device. Moms were busy trying to keep their crying babies quiet. How would anyone know what to do in an emergency?! Well, at least I knew what I was doing. My entire evacuation route was planned. I'd be the first one running down the aisle, ready to go down an inflatable slide on the side of the plane if I had to.

The plane lifted off a little while later, and I felt my stomach crashing into my brain. My hands grabbed the armrests on my seat, and my head was cemented into my headrest. I locked my eyes on the exit sign in front of me and on the faces of the working attendants as they made their way up and down the aisle. If they looked happy, then everything had to be fine. And I know how to read facial expressions from my detective work, so I could tell they weren't fake happy. I stayed in that position for almost four hours without moving, until the plane wheels finally touched the ground on the runway in San Juan, Puerto Rico. As soon as the plane stopped, something weird happened. Everybody on the plane began clapping. I joined in. I may have clapped the loudest. I had arrived . . . in one piece! Whew, that was close.

"Welcome to San Juan, Puerto Rico," said the captain on the overhead speaker. "The temperature outside is 86 degrees Fahrenheit, partly cloudy skies. On behalf of myself and my crew, thank you for flying with us today. Have a wonderful stay here at the Island of Enchantment."

I didn't have a clue why this place was called the Island of Enchantment, but I was sure I wouldn't be enchanted by much or falling under any magic spells. I had some Three Kings investigating to do.

We waited forever to get our luggage with all the other passengers from different flights standing around the conveyor belts, elbowing one another for space to get their things. Once we got our suitcases, I opened mine immediately. I needed to make sure all my detective things and classified materials were in order, in case there were any slippery hands that had gone through my stuff. Everything was exactly the way I'd left it.

It wasn't until we loaded our luggage into the rental car at the airport that I asked what time we would be at Mamita's house.

"Oh, about that . . . ," answered my father. "You guys might want to take a little nap. We'll be there in about two and a half hours."

"What?!" I exclaimed. I had just been on a torturous, hazardous four-hour flight, and now they wanted me to sit next to my sister in a teeny, tiny car for over two hours? I thought things couldn't get much worse. But they soon would.

"It's not that bad, Flaca. Look around you. Take in the scenery. It's a beautiful drive," my mom said.

I looked around me, like she said. I took in the scenery. I had sweat stains forming under my armpits. Heat was smacking me in the face like a wet, hot blanket I couldn't get away from. And from what La Bruja said, there was no air conditioning where we were going. My parents said I had gone to Mamita's house when I was much younger, but I didn't remember anyone or anything. I was going into a foreign land totally unsure of what I was going to confront or where I was even staying. During the long car ride, I could talk to La Bruja and ask her more about Mamita's house, but her information couldn't be trusted. I just got in the car, put my straw hat over my eyes and hoped we'd be there soon.

Two long, terrible hours later, my father said, "Almost there, girls. Just have to drive up."

I looked out the window and saw mountains everywhere. There was an especially large mountain in front of us.

"Up where?" I asked.

La Bruja grabbed me and pressed my face against the window. "Up there." She pointed to the top of the mountain and gave me an evil smirk.

She wasn't joking. My father began to climb up the mountain with his car. The higher he went, the more winding the roads became. I felt myself getting carsick and lowered the window for air. But the air was too hot to handle, so I just fanned myself with my hat. The road was getting more and more narrow. Our car barely fit. My dad started to honk his horn.

"Why are you honking? There's no one in front of you," I said.

"I'm not honking for people in front of me. I'm honking so people driving down the hill will know I'm coming up the hill. We won't be able to see each other going around these curves."

"Wait, what? This lane is meant for two cars? But we won't fit. We'd crash and go right over the . . ."

"Edge," said La Bruja.

I looked out the window. There was nothing on the other side except down, just like on the plane. No guardrail on the road, no houses, no buildings. Just cliffs. I buried my head into the middle of the backseat and covered my face with my hat again.

"Don't worry, Flaca. We'll be there in just a few minutes," said my mom.

I held my breath the entire rest of the way to Mamita's house and told myself that when we had to go back to the airport, I would go down the mountain blindfolded.

When we finally got to the house, my father turned down a dirt road. Everyone waved as we drove along. My father honked and waved back. They were all strolling, with absolutely no rush in their steps.

"Do you even know these people?" I asked.

"Some of them. But if they're on this street, chances are they're related to us somehow. This is all family land," my father said.

The houses were way different than what I was used to seeing at home. They were colorful. Like orange, pink and purple colorful. And they were made of cement, lots of them with tin roofs. The windows didn't open like in the houses where I lived. They had screens and planks that opened upward. Weird. Clothes were being hung to dry on lines. I had never seen that before either, except in old movies. There were also kids running after dogs and chickens in the street. Some of them had no shoes on. The ground had to be boiling hot in the heat. How could they not be burning their feet? That was something worth investigating.

The rental car rolled up to a white cement house. Behind it were two other houses. All around were trees, chickens and, at the end of a pasture, cows. There was a person staring out a window in the white house. I couldn't see his or her face, just a pair of eyes that weren't staring at us. They were looking past us, out into the land.

We climbed out of the car with our things and walked up to a back entrance into the house. Again, no railing. What was wrong with these people? Plummeting cliffs, treacherous stairs. The accident rate had to be through the roof!

Mamita was sitting in a rocking chair. Her hair was white and was styled in a boyish kind of cut. All of her skin was sagging. A lot. Folds and folds of leathery sagging skin. I wondered if they would tell me her age if I counted the folds, you know, like tree rings inside a trunk. Nobody knew exactly how old she was, but I thought she had to be almost a hundred. Her eyes were superblue, unlike anybody's I had seen in my family. And when she smiled, she had perfectly white, square teeth. I knew they weren't real, though. They were probably just like my Abuelo's dentures back at home. Mamita got up from her rocking chair and got her cane. She might've been ancient, but she had a lot of energy.

We all exchanged hugs and everyone started speaking in Spanish. Now is most likely a good time to tell you that I don't speak a ton of Spanish. I can understand everything, but sometimes having conversations can be hard, especially when everybody is speaking at 100 miles per hour. So just know that the rest of the talking on vacation was in Spanish. But I'll just write it in English because it's easier for you and me to understand.

"Look at my Flaca," said Mamita. She looked me up and down and just stared.

I wasn't sure if that was good or bad. I felt like she could see right through my skin. What I was thinking, what I was feeling. It was creeping me out.

She walked us over to a bedroom. It had a tall fan, two dressers and two beds. The strangest part was the beds had nets over them. Of course, I needed to know what they were for.

"What are those?" I asked, pointing to the nets.

Mamita giggled. "*Mosquiteros*," she said.

"What is a *mosquitero*?"

"It's a net over the bed, so mosquitoes don't bite you," said my mom.

Oh, great. The mosquito infestation on this island was so bad I needed a net to protect me from them at night. Or maybe they were meant to make you stay in your bed so you weren't off snooping on the eve of Three Kings Day. And a fan? What was a fan going to do for me besides blow hot air in my face? Sleeping was going to be impossible.

"Okay, so which bed is mine?" asked La Bruja.

"That is your bed," said my father, pointing to the bed in the corner. Then, pointing to the other bed, he said, "And this is our bed."

"Looks like Flaca is sleeping on the couch," said La Bruja.

"No, you two are sharing a bed," said my mom.

Both La Bruja and I were unhappy about that. If we had been anywhere else, like an air-conditioned hotel or a cabin in a forest, even, I would sleep on the couch. But I had just seen little lizards running on the living room walls and floor. There was no way I was sleeping anywhere but under a bed net.

That night, I showered with cold water (which wasn't so bad, since the air was blazing hot) and crawled into a corner of the bed so I wouldn't have to come anywhere near my sister. No matter how much she denied it, I knew she snored louder than an orchestra. It was going to be a long night. The only thing that made me feel better was knowing I only had four days left until we went home.

CHAPTER 4
Staying at the Zoo

At about 5 am the next morning, I was woken up by the scariest sound I have ever heard in my whole entire life. I had barely slept all night long. Puerto Rico was so noisy at night. It sounded like I was staying in a zoo, surrounded by rattlesnakes and what my mom told me was the song of a tree frog called a *coquí*. When I had finally fallen asleep, the petrifying noise made me jump out of the bed. It sounded like a shriek or a yell. Maybe it was a cry for help! I sprang into action and got my flip flops on. Just as I was about to get my detective flashlight, the noise happened again.

"What is that?!" I yelled.

La Bruja groaned. My father kept sleeping.

"It's the roosters, Flaca. Go back to bed," yawned my mother.

"How can I go back to bed? That thing is screaming by the window!"

Again and again that evil animal crowed. It wouldn't stop. I wanted to go outside and tape its beak shut. Since it was obvious I wasn't going to be able to go back to bed, I decided to go lurk around the house with my flashlight. I needed to get a good feeling of what it was like at night around those parts . . . what it would be like on the night before Three Kings Day. I also wanted to see if I could find any unusual items laying around, like I had written on my outline. I wasn't on my turf anymore. If I was going to find out what was really behind this new holiday, I needed to get a clear picture of what kind of environment I was dealing with.

I was going to begin outside but figured it probably wasn't a good idea. I didn't know what kind of enemies or animals were out there before dawn. I didn't want to be anything's breakfast. So I started my investigation in the living room. I flashed my light on the walls, taking a mental picture of how everything looked. The pictures on the mantels, the books on the shelf, the giant cockroach on the wall in front of me. Wait . . . the giant cockroach on the wall in front of me?! I froze. Seriously, I was stuck dead in my tracks. Not from fear; clearly, I couldn't possibly be afraid of a simple bug. But that thing was huge. I mean GIANT. I had never seen anything like it before. I told myself the mutant roach was more afraid of me than I was of it, but that only lasted until it launched itself toward me. I ran for my life. All I could hear were its wings flapping behind me, like I was a squirrel being hunted by an eagle. I

must've been screaming, because Mamita came running into the kitchen from her bedroom.

"What's wrong, Flaca?"

"*¡La cucaracha! ¡La cucaracha!*" I yelled, still running.

Mamita put on the light in the kitchen and spotted my attacker on the wall. She laughed. Laughed! Then she hit it with her cane. Once it had fallen on the floor, she smashed it again. You won't believe what happened. The cockroach CRAWLED OUT of its shell! It literally crawled out and began crawling away with its nasty white body. Mamita slammed into it one final time and swept up all its pieces.

I stood in the corner of the kitchen, horrified. At that moment I was probably paler than I have ever been (and I'm pretty pale to begin with). My hand covered my mouth, trying to hold down the vomit I felt rising from the depths of my stomach. I had no words for my great-grandmother. I just stared at her, unsure of what to say. She was a warrior. A fearless heroine stuck in an old woman's body. I had never known from whom I had inherited all those traits until then.

So I said what I would say to any fellow hero. "Thank you."

"*De nada.* Now go back to sleep."

I listened. And as I walked back to my room, I heard her singing an old song, "*La cucaracha, la cucaracha, ya no puede caminar . . .*"

Was she mocking me? Singing about a cockroach that could no longer walk? To top it off, I walked back into a bedroom where everyone was so sound asleep they hadn't even heard me screaming for my life. I could've been attacked by lizards or pecked by that wild rooster and nobody would've noticed. I unzipped the mosquito net and crawled back into my corner of the bed. I wouldn't be coming out for the rest of the day, except for maybe food and bathroom breaks if absolutely necessary.

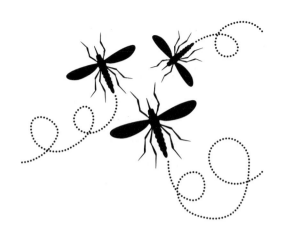

CHAPTER 5
Bugs vs. Boogers

Two days had passed since my deadly insect encounter. Since then, I'd been attacked yet again, by a violent hen who thought I was trying to steal her baby chick. I also found out the hard way that toilet paper clogs toilets very easily at Mamita's house. Another embarrassing moment I won't bother going into detail about. Besides all that, I was kind of excited because it was now the day before the Three Kings holiday, which meant I would be going home in two days. OH YEAH! At the same time, I felt totally bummed out. For the first time in my career, I didn't want to complete an ongoing investigation. I felt empty, drained . . . like the dozens of bug bites covering my body had helped suck my crime-fighting skills right out of me. Even when I stared at the mirror, I saw a different girl. I had bags under my eyes from how little I had slept while on this "vacation." My long black hair was tied in a bun, so it wouldn't suffocate me in the heat. (I never do my hair, by the way.) And my face looked like I had broken out in a bunch of zits, from all the bug bites on it. I was covered with those hideous marks from head to toe, forty of them to be exact. The bugs on this island must have been immune to insect repellant. The strange part was, Mamita had no bug bites. Not one, and she didn't even have a mosquito net on her bed. Maybe the pests in her house saw what she had done to that cockroach and didn't want to suffer a similar fate. The truth was, I didn't want to be at her house anymore. I didn't want to celebrate any holidays or get any presents. I just wanted to go home, where everything made sense, where I could watch the crime channel in peace, where I could just be me.

The afternoon before Three Kings Day had come, and many of my mother's family members started arriving at Mamita's house to prepare for the evening's festivities. There would be a huge family dinner, music and dancing and, finally, the kids would all fill shoe boxes with grass for the camels to eat. Tons of adult relatives entered the house and came over to hug me and tell me how big I had gotten. I had never met these people before, but my parents said I visited Puerto Rico as a baby. I stood awkwardly and let them hug me while my mom gave me a look that said, "You better be nice." La Bruja, conveniently, was nowhere to be found. She had been hanging out with one of our two hundred cousins who lived in the house behind Mamita's.

I had started slowly retreating into my mosquito netted bed when I overheard a group of kids in the living room talking about gifts they hoped to receive from the Three Kings. Part of my inner detective became curious. I got my note pad and decided to join the conversation, just for background information. The kids seemed to be about my age. I had no idea how I was related to them, and even if they tried to explain, I would probably have trouble picturing this giant family tree made of people I didn't know. Mamita had thirteen kids in total. There was no way I wanted to begin deciphering that family code. Perhaps later in my career.

I sat on the couch and started questioning a girl named Mari. She was pretty but frail. She had Mamita's color eyes and blonde hair. "So Mari, what do you guys do here on Three Kings Day?"

"You know, food, music, getting the grass. The regular stuff," she answered. Wow, she was really great with the details, wasn't she?

"Actually, I don't know what's done," I confessed. "I've never had a Three Kings Day."

The other kids in the living room exchanged surprised looks.

"You don't celebrate Three Kings Day out there? Well, we Puerto Ricans celebrate it. It's a major holiday. Some people think it's more of a celebration than Christmas," said a boy named Joel.

I imagined him to be a surfer. He had cool-looking sunglasses on the top of his head and a surfing-style T-shirt. But what did he mean, "we Puerto

Ricans"? Was he not including me in that group? Was I not Puerto Rican, just because I didn't celebrate Three Kings Day? The more answers I got to my questions, the more questions I had. I began writing my thoughts in my note pad, but the itching feeling on my legs was really strong. I couldn't ignore it. If I would've scratched my bites, they might've gotten infected. So I started slapping my legs to make the unbearable sensation go away.

"What are you doing? And what happened to your legs?" asked another kid named Rubén.

This wise guy seemed like trouble. I know a mischief-maker when I see one. Rule 1 in detective work: Trust your gut. My gut said Rubén was no good.

"*Moquitos*," I replied.

Rubén started laughing. Hysterically laughing, more like it. "*Moquitos!* The *moquitos* got her!"

The rest of the crew on the couch joined in his roaring. Was it something I said?

"What's so funny?" I asked.

"*Moquitos* come from your nose. Mosssquitoes are the insects," said Ruben.

Really? I missed one little *s* in a word, and I had gone from being bitten by a flying blood thief to being bitten by boogers?

Rubén taunted me. "Be careful tonight, Flaca. Watch out for those *moquitos*. They're the worst!"

All around me were laughing faces, fingers pointing at me like I was some type of freak show. I got mad. Like super, flaming, about-to-blow-up furious. I stood up, stormed out of the screened front door and walked right over to the edge of the road over-looking a pasture full of cows. I yelled as loudly as I could for as long as my lungs allowed. I felt so good afterward that I did it again. Then I realized I was being stared at by a bunch of cows who probably thought I was a lunatic. I looked down at my feet and noticed I had no shoes on, just like the kids I had seen walking around when I had first arrived at Mamita's. I almost looked like them. But I wasn't like them. I was NOTHING like ANYONE around here, and that was a good thing. The entire fiasco with those kids inside reminded me of who I was and would always be. Detective Flaca was back and more determined than ever! I would show them. I was going to expose Three Kings Day for what it really was: a sham. A holiday full of Christmas-gift leftovers! I'd be the one with the last laugh in the morning.

I sat on a patio bench in front of Mamita's house and plotted my revenge on my detective pad. I would need all my newest gadgets and some of my old, reliable tools. Every piece of equipment I'd brought on this trip was essential. There was no time to spare. In the heat of my preparation, Mamita walked out onto the patio.

"Writing a letter?" she asked.

"No," I said.

"Come with me. I want to show you something."

"I'm kind of busy right now."

Mamita didn't move. She stood there with her eyes burning through my paper, holding a woven straw basket.

"Are you trying to read what I'm writing?" I asked.

"I can't read. Even if I could, I'm not interested. I'm waiting for you to come with me, and I'm not getting any younger."

Normally I would reply with something sassy, but I got a feeling Mamita wasn't going to back down. I got up, tucked my note pad under my arm and followed her lead. She walked me around her house and down a hill into what seemed like a jungle. I was surrounded by greenery and could just feel tiny little bites forming on top of the swollen, itchy bites I already had. Why was everybody around here torturing me?

Mamita stopped in front of a row of plants with white stuff on them and handed me the basket.

"What's this for?" I asked.

"You talk too much. Just pick the cotton."

Cotton? I looked more closely at the white plant. I reached out my fingers and touched a soft material. She was right, it was cotton! I never knew cotton came from a plant. I always thought it came from a pharmacy. Mamita continued down the row of shrubs and began to pick different kinds of beans, handing them to me to put in the basket. I figured she would be using them for tonight's feast.

The tree leaves around us rustled together, and my clothes blew in the wind. I glanced over in Mamita's direction. Her blue eyes were closed, and her face was tilted back in the wind, smiling. I decided to do what she was doing. I felt the trees moving,

I heard animals I couldn't see, and I saw the brightness of the sun through my eyelids. Then it was all interrupted by two chickens chasing after each other, running between Mamita and me. We looked at each other and laughed.

"You don't like it here, do you, Flaca?" my great-grandmother asked.

I shrugged.

"Is that a yes?"

I nodded. The lady told me I talked too much. So now I wasn't going to talk.

"You know, you're not as pretty as your sister."

Great, another person reminding me of how gorgeous La Bruja was and how much "potential" I would have if I dressed in a more girly way or wore more smiles. Now I was throwing the beans into the basket.

"You're not as pretty, but you're smarter."

I glanced at her from the corner of my eye. She had my attention now. Finally, someone had noticed my brilliance.

"You're so smart, but don't be blinded by your intelligence. You feel like you don't belong here. But if you're here, it's because you do. I have lived here all my life. I gave birth to each of my children in that very house. And you, you are the granddaughter of my first child. If it weren't for this land, these plants, this island, you wouldn't be here today. Remember that."

I nodded and smiled.

"I know you're just hearing me right now, but one day, you will listen," she said.

We finished picking the beans together and gathered some mangoes and starfruit along the way back to the house. I helped her bring the basket inside and escaped to my mosquito net. I liked Mamita. I really did. She might've even had a point or two, but her speech hadn't changed anything. The Case of the Three Kings was very much open.

CHAPTER 6
Time to Catch the Kings

Just before the sun set, all the children in my mother's family gathered their boxes and filled them with grass in front of Mamita's house. The adults were outside too, watching their kids and chatting. La Bruja had emerged from her cave and was laughing at me as I simultaneously picked grass and swatted flying insects that seemed to be swarming only me.

My father breathed down my neck as he took a million pictures of me stuffing the box. He begged for me to smile, but the most he got was an eye roll. On the sidelines, my mother grinned and waved. They seemed so happy to see me interacting with my cousins. Little did they know I had an ulterior motive. Later that night, I would stick the box under my bed with a glass of water. When everyone was sleeping, I'd stay up all night for the stakeout. I'd spy on those "kings," whoever they were, and catch them red-handed. The nerve of them, recycling Christmas gifts! The following morning, I'd expose them to those teasing kids from the day before and burst their bubble about their precious holiday. Ha!

It took hours, and I mean HOURS, for everyone to leave. They were too busy with a routine I had caught onto: eat, dance, talk, repeat. There was a giant festival happening in people's houses all over the island. Some towns even had parades. I had to admit the food was good. Really good. And I drank a lot of soda. I even snuck in some coffee after dessert. I needed the caffeine if I was going to stay up all night.

When the crowd finally left, I followed the plan. I let my parents watch me put the grass and water under my bed, and, yes, they were taking more pictures. I'd be borrowing their camera later to snap shots of the famous visitors everyone was expecting. Without cold, hard evidence you can't prove a thing.

Since I had so much trouble sleeping in Mamita's house, I would have no problem staying awake until I heard La Bruja's snoring and Mamita shuffle into her bedroom. That was my cue. Once I heard it, I slowly and stealthily unzipped myself out of the mosquito net and stuffed my pillows under the sheets, in case my parents woke up for a midnight bathroom trip. If they realized I wasn't in bed, my investigation would be ruined. I tiptoed to my detective equipment. My grandfather's glasses, aka my magnifying glasses: check. Straw hat: on. Finger-printing set: in hand. Police tape: under arm. Dad's camera: hanging over my shoulder. Police-quality flashlight: nice and bright. It was stakeout time.

I stationed myself behind the china cabinet in the kitchen. The guest bedroom door was just on the other side of it. The visitors would never see me there. Just when they entered my room, I'd catch them, take their picture and bring them into the living room for questioning. I'd get to the bottom of this holiday in no time. I wanted to know its purpose, why they did it and what they were trying to prove by stealing and/or regifting Christmas presents. My eyes were peeled. My ears were at their highest level of sensitivity. I was ready. I stared at the clock on the oven: 12:34. They'd be coming any minute. Any minute. But the clock was becoming blurrier and blurrier. Its light wasn't shining so brightly anymore. The batteries must've been running out.

The next thing I knew, the rooster was crowing. How was that possible? It was only 12:34. My back was stiff. I felt a shot of pain go up my neck as I looked at the clock. It was 5:45! How did five hours pass?! There was no way I had fallen asleep. I was a professional. Expert detectives don't doze off during night shifts. I must have been sabotaged. Somehow, I had been watched and exposed to a sleeping gas of some sort.

I leapt to my feet and snuck into my room. I used my flashlight to look under my bed. The glass was empty, and the box of grass was half-empty. There were also presents next to my bed. I shone the flashlight on the floor to make sure I didn't bump into anything on the way out to look for more clues, and BINGO! There was a trail of grass starting at my bed. I followed it. It went from the bed through the living room, ending at the front door.

Immediately, I sprang into action. I used my police tape to block off any entry around the grass trail in the living room. I needed to study it closely. My fingerprint kit would come in handy. I used it to dust down the front doorknob. I'd need to get a full panel of prints on everybody in the house once the morning arrived. It was necessary to rule out all suspects.

I was in the middle of looking for footprints on the living room floor when I heard a noise behind me. Could they be back? Quickly, I turned around and began taking pictures with my camera.

"What's going on?!" asked a familiar voice.

I put the camera down and directed my flashlight at the culprit.

"Flaca? Is that you? What are you doing?"

"Mamita, shh! Please, do not cross the police tape. It's okay, I'm just working."

"What have you done to the living room?" she whispered. "And why are you wearing a straw hat and huge glasses? You don't even wear glasses."

I sighed. I guess I'd have to offer some sort of explanation to get her away from my crime scene as fast as possible. I had work to do and little time do it before the kids came back to open presents together.

"Mamita, you don't know this about me, but I'm a detective. A big one. I'm very famous where I'm from. There is something going on with this holiday of

yours, something that isn't right. Flying camels, anonymous Three Kings creeping into your house . . . It just doesn't make sense. Now, if you'll excuse me, I have to finish up the investigation."

Mamita looked around the living room. She seemed to be studying my work. Clearly, I must have impressed her already. It's not every day you find out your great-granddaughter is a hotshot detective. Who could blame her?

"What are you planning to do with the information, once you find out who is behind this holiday?"

"Well, that's easy. I'm going to announce my findings when all the kids come together to open gifts. They think I'm a joke, but they won't for long."

I continued sorting through the grass, trying to find some type of clue left behind. Anything that could help me identify who might've been behind this mess was key. But that was cut short, because Mamita jerked me off the floor by the arm and walked me down the hallway to the kitchen.

"Hey! What are you doing? Where are you taking me?!" I whispered.

"Be quiet, or you'll wake up your parents, and then you'll really be in deep grass," Mamita said.

She took me outside the back door and out to the chicken coop. She picked up a gallon of dried corn she stored on the side of the house and began throwing it on the ground. Hens and roosters came running, racing one another for first dibs at breakfast. It occurred to me there were fewer chickens than I remember there being a few days before. I got a sinking feeling in my stomach. Last night's dinner feast suddenly didn't seem so yummy.

"Listen, I'd really love to help you feed your chickens, but I have to go. Everyone will wake up soon, and I have to have this whole thing figured out by then."

I was about to start walking back to the house when Mamita said, "Who do you think will feed the baby chicks their breakfast?"

"The hens, of course," I answered.

"But did they? Did the hens really give them their breakfast? Or did I?"

I wasn't sure what Mamita was getting at with this chicken breakfast speech, but I knew it was a trick of some sort. I was being tested. Luckily for me, I ace tests.

"Technically, you both did," I said.

"But does it really matter who fed them?"

"No, what matters is that they ate."

"Exactly." Now Mamita was smiling.

I still didn't know what she was getting at. The signs of a sunrise were starting to peak through from the far end of the sky. Time was ticking.

"Flaca, the children who celebrate Three Kings Day, they are like the chicks. It doesn't matter where they get their gifts from or who makes the trail of grass. What matters is they are surrounded by people who love them and get to see them smile this morning. Would you go into the chicken coop and take the breakfast from these baby chicks? If you could, would you tell them it was me who gave them their food and not their mothers?"

I thought about what it would be like to speak Chicken. That would be a pretty useful skill around these parts. I also thought about Mamita's question.

"No, I wouldn't want to disappoint them," I said.

"Then please don't disappoint the children this morning," Mamita said. "This holiday may not be a big deal to you, but to some people it means a lot. It's something to look forward to. Don't take that away from them."

Then it hit me. Of course these adults and older kids didn't think there were flying camels delivering presents and eating grass under their beds, but they celebrated Three Kings Day anyway. It wasn't about the gifts or even the kings. It was about dancing. It was about being together. It was about believing in family, and Mamita believed in me.

I began to walk back to the house. "Come on," I said.

"Where are we going?" asked Mamita.

"To get ready for Three Kings Day."

I couldn't see Mamita's face behind me as I walked up the hill, but I knew she was smiling.

Once inside, we took down the police tape and cleaned up the fingerprint dust. I gave Mamita a high five and snuck back into the mosquito net. If I was lucky, I could get a couple more hours of sleep before the day began.

CHAPTER 7
The Chicks Are Fed

A few hours later I was awakened by La Bruja groaning and kicking me in the back. My parents were hovering over the bed like helicopters, snapping away with their cameras. I tried to act surprised as I found my gift under my bed and said, "Cheese" for the paparazzi. Mamita gave me a secret nod of approval.

I didn't have to wait long for the other family members to arrive. They all flocked to the house with gifts, loaves of warm breakfast bread and goodies for everyone. Mamita sat at the head of the living room, watching over all her little chicks as they opened their gifts. She was practically glowing with delight. I still wasn't sure who the Three Kings were, but I had definitely figured out who our family's queen was.

Case of the Three Kings: CLOSED.

I opened my present. It was a magazine subscription to *Detective Weekly* . . . and anti-itch cream. I laughed really loud at that combination. This holiday wasn't so bad after all. Suddenly, something occurred to me. I wanted to give Mamita a gift. But what could I give her? After a while, I came up with the perfect present.

Mamita was sitting on the rocking chair in her bedroom, looking through the window at her land, just like when we'd first pulled up in our rental car.

"I have a gift for you, Mamita," I said.

"Do you?" She turned around and greeted me with a grin full of fake teeth. It was the most beautiful smile I had ever seen.

"Did you really mean it when you said you couldn't read?" I asked.

She nodded. "I know my letters, but I never learned to read. Models like me never had to learn that in my day."

For being so old, she was still pretty funny.

"I was thinking that when I get back home, I can buy us matching books and mail you a copy. Then I can call you, and we can read it together over the phone. That way, I can help you learn."

"Deal."

"Deal," I said, shaking her leathery, wrinkly hand.

We held hands for a while as we sat, looking out the window together. The roosters were singing. The dogs were barking. Even the house was humming. For the first time since I'd gotten to Mamita's house, I wasn't hearing the island's annoying sounds. I was listening to its heartbeat.

CHAPTER 8
Back at the Office

Most of my bug bites had started crusting over by the time my family and I returned home. It was pretty gross, and it looked like I was getting over a bad case of the chicken pox. My mother put a concoction of hydrogen peroxide (some weird liquid that made a white bubble on the bites) and anti-itch cream on the bites so I wouldn't get any infections. Thank goodness it was winter back home. I could cover the "connect the dots" on my body with pants and sweaters. Nobody wants to see someone walking around looking like they have a plague or something.

When I finished unpacking my suitcase, I decided to go through my mail. My first copy of *Detective Weekly* came in while I was away. Oh yeah! I sat on my reclining chair with my feet up on my desk, next to a stack of cold case files I would be diving into soon. Nothing can remain unsolved for too long around here; eventually I figure everything out.

I began to read an article about how to separate your personal life from your work. It was called "Leave Your Work at the Door." I thought about how hard it was for me to do that at Mamita's house. I wanted so badly to show those cousins, or whoever they were, that I knew more about their holiday than they did. Not to mention that I wanted to prove there was no point in celebrating it, so that I would never have to stay in Puerto Rico again for more than two hours. I could've blown the lid off the investigation, as we detectives say. But I didn't. Mamita taught me that sometimes you have to hang up your detective hat and let other people figure things out for themselves. Besides, I couldn't possibly expect people to understand as much about certain things as I did. It takes years to build up the amount of information I have stored in my brain.

My visit to Puerto Rico had also shown me I wasn't just a detective or just a girl from the Northeast or even Puerto Rican. I was all those things . . . a little countryside, a little peanut butter and jelly and a whole lot of criminal justice sauce. I liked it.

I continued to read my magazine while sipping a cup of hot chocolate with an extra shot of marshmallows. When I was done, I opened the file cabinet to put away my *Detective Weekly*. That's when I noticed the cabinet wasn't closed all the way. I took a look inside and found the case files all out of order. Some were even missing. I couldn't believe it. I had been burglarized! Whoever this crook was, they had picked the wrong girl to steal from. Detective Flaca: REPORTING FOR DUTY.

LOS EXPEDIENTES DE FLACA

2

EL CASO DE LOS REYES MAGOS

Alidis Vicente

Traducción al español de Gabriela Baeza Ventura

PIÑATA
BOOKS

PIÑATA BOOKS
ARTE PÚBLICO PRESS
HOUSTON, TEXAS

El caso de los Reyes Magos: Los expedientes de Flaca ha sido subvencionado por la Ciudad de Houston por medio del Houston Arts Alliance. Les agradecemos su apoyo.

¡Piñata Books están llenos de sorpresas!

Piñata Books
An imprint of
Arte Público Press
University of Houston
4902 Gulf Fwy, Bldg 19, Rm 100
Houston, Texas 77204-2004

Diseño de la portada y ilustraciones de Mora Des!gn Group

Library of Congress Cataloging-in-Publication Data disponible.

♾ El papel utilizado en esta publicación cumple con los requisitos del American National Standard for Information Sciences—Permanence of Paper for Printed Library Materials, ANSI Z39.48-1984.

Impreso en los Estados Unidos de América
mayo 2016–junio 2016
Versa Press, Inc., East Peoria, IL
10 9 8 7 6 5 4 3 2 1

ÍNDICE

En memoria de mi bisabuela, Alejandrina Rodríguez.
Siempre te veré en tu mecedora, mirando por la ventana
de tu cuarto hacia el paisaje. De esa tierra nadie te saca.
Hasta la próxima, Mamita.

DE PARTE DE LA
DETECTIVE FLACA

Estimado Joven Detective,

Soy yo, la Detective Flaca, con un contrato de confidencialidad para que lo firmes. Este libro no es un montón de misterios formidables que haya resuelto, aunque he solucionado unos bien grandes. La historia, mis amigos, es sobre un súper caso que me dejó preguntas serias que debo responder y respuestas que me dejaron serias preguntas. Probablemente eso es confuso, pero todo tendrá sentido después. Por ahora, simplemente firma para asegurarme que los métodos para resolver misterios no caigan en manos equivocadas. Estoy segura que comprenderás lo importante que es, ¿verdad? Bien. Entonces firma y pongamos manos a la obra. Ponte el cinturón, nos vamos a Puerto Rico. ¡Espero que disfrutes del viaje gratis!

Cuidadosamente tuya,

Detective Flaca

Yo, _____,
solemnemente prometo no revelar ninguno de los súper
maravillosos métodos detectivescos a los malhechores, a los
cerebros nefastos o a los criminales en formación. Prometo
hacer uso de la información altamente confidencial de la
Detective Flaca sólo para aprender y ser creativo y no para
criticar a ninguno de los personajes, excepto tal vez, a la
Bruja. Finalmente, prometo leer todo el libro y buscar las
palabras que no entiendo en un diccionario para que algún
día sea más inteligente y mejor que la Detective Flaca, si es
que eso es humanamente posible.

Firmado,

_____

CAPÍTULO 1
El peor regalo de Navidad

El año pasado recibí lo que creo fue el peor regalo de Navidad en la historia de los regalos. Peor que un pedazo de carbón. Peor que un suéter feo que pica. Hasta peor que *fruitcake*. Era un pasaje de avión. Probablemente estás pensado, "¿Un boleto de avión? ¡Ese es el mejor regalo del mundo!" Permíteme explicarte.

En la mañana de Navidad, mi familia y yo terminamos de abrir los regalos debajo del árbol de Navidad decorado bellamente, por mí, por supuesto. Me encanta la Navidad. Me gusta el olor a pino que sale del gran árbol que mi padre acarrea por la casa cada año. Lo arrastra por el piso de madera hasta la sala, y mi mamá siempre corre detrás de él desde el minuto en que entra, recogiendo agujas de pino con un recogedor. Mi hermana, la Bruja, simplemente se queda en su cuarto y ni presta atención. No le importa. No me extraña, porque el decorar un árbol de Navidad correctamente requiere dedicación. Necesitas habilidad y ojo para el detalle, todas las destrezas que ella no tiene. Por suerte, yo estoy aquí, y siempre uso mi agudo ojo detectivesco para hacer el árbol de Navidad. Separo las decoraciones por forma y color. Después tomo luces blancas y las cuelgo en el árbol, asegurándome de que haya suficiente espacio entre las filas de luces encendidas. Después coloco las decoraciones en el árbol de tal forma que ninguna de las decoraciones del mismo grupo esté cerca la una de la otra. Lo tengo todo figurado y año tras año doy en el clavo.

En fin, volviendo a mi historia. Todos habíamos acabado de abrir los regalos. Mi papá recibió una caña de pescar, una que había querido desde hace tiempo pero mi mamá siempre le decía que era muy cara. Mi mamá recibió una cartera. Sólo una, pero supongo que costó tanto como tres carteras regulares porque casi se fue por la chimenea con la emoción cuando abrió el regalo. Mi hermana mayor, la Bruja, bueno, a ella le dieron un montón de tarjetas de regalo, que era exactamente lo que quería. Siempre recibe lo que quiere. ¡Ay bendito! A diferencia de mi hermana, yo valoro la intención detrás del regalo siempre y cuando sea algo que esté en mi lista de Navidad. Mis padres me compraron un set nuevo para tomar huellas digitales, una mini linterna como las de los policías y algo que he querido desde hace mucho tiempo… cinta de seguridad, así puedo bloquear cualquier escena de crimen. No vas a creer cuánta gente pisotea el área en donde estoy trabajando sin respetar mi necesidad de mantener todo intacto. ¡Los detalles son importantes, gente!

Todos estábamos como felices duendecitos la mañana de Navidad. Estaba juntando mis regalos, preparándome para devorar la taza de chocolate caliente con los waffles de coquito especiales que prepara mi mamá con esponjitas verdes, rojas y blancas. Fue en ese momento en el que todo se fue a la deriva. Mis padres se acercaron con sobres en las manos. Mi padre me dio uno a mí, y mi madre le entregó uno a la Bruja. Sabía que algo pasaba porque se estaban mirando de reojo uno al otro, sonriendo. Esperaba que no fuera algo terrible, como entradas para que la Bruja y yo fuéramos a algún tipo de evento juntas para celebrar ese desastroso evento que nuestros padres gustaban llamar "lazos de hermandad". Me senté allí por un momento, no sabía si abrir el sobre o no. No me gustan las sorpresas.

—Pues, ¿qué esperan? Ábranlos —dijo mi papá.

La Bruja abrió el sobre, como una bestia salvaje, esperaba otra tarjeta de regalo.

—¿Qué significa esto? —preguntó.

Abrí mi sobre. Dentro había un pasaje. Sólo me tomó un segundo ojear con mi impecable vista para precisar el tipo de pasaje que era. —Son boletos de avión, genio —le dije a la Bruja.

Ella saltó del piso en sus pijamas de reno y abrazó a mi madre.

—¿Adónde vamos? ¿Bahamas? ¿Jamaica? ¡Espera! ¡¿París?!

La Bruja estaba temblando de emoción. Su pelo ondulado se sacudía por todos lados mientras hablábamos. Me estaba mareando.

Mejor decidí revisar el boleto. —Vamos a Puerto Rico. —Luego me di cuenta de las fechas del boleto—. Papá, dice que nos vamos en una semana.

—¡Así es! Deben empezar a empacar, niñas. Estaremos fuera por cinco días.

La Bruja y mi mamá prácticamente estaban bailando rumba de felicidad en la sala. Yo, por otro lado, no estaba feliz.

—¡No podemos ir por cinco días! Nos vamos a perder los primeros días de clase después del descanso de invierno —exclamé.

—Tómalo suave, Flaca —dijo mi mamá—. Ya hablamos con tus maestros. Todo está arreglado. —No lo podía creer. Mis padres habían planeado unas vacaciones sin consultarlo conmigo. Me habían voluntariado sin tomar en consideración mis obligaciones de trabajo.

—Pero tengo fechas límite en mis casos. ¡El crimen no descansa! Además, hay otras cosas que deben tener en cuenta. ¡No puedo creer que nadie me comentó esto!

Si mis padres hubieran consultado el destino de estas vacaciones, les habría advertido de los peligros de viajar al Caribe. De la exposición a los rayos UV, las epidemias ocasionales de enfermedades que transmiten los mosquitos (y todos ya sabemos cuánto me encantan los mosquitos).

¿No podríamos haber ido a Washington, D.C.? ¿A algún lugar educativo? ¿A un lugar a donde podríamos ir *en carro*?

—¡Ay no! Creo que alguien tiene miedo de viajar en avión. No te preocupes, Flaca, llevaré pañales en caso de que te ensucies los pantalones —dijo la Bruja.

Me pregunté cómo pudo haber recibido regalos en Navidad. No había ninguna forma en este mundo para que ella no estuviera en la lista de los niños malos. Probablemente ahora es el momento de mencionar que no me gusta volar. Para nada. Prefiero abrazar a mi hermana que subirme a un avión —detesto los aviones tanto así. No es que tenga miedo ni nada, porque cuando has sido testigo de tanto crimen en tu vida, es difícil que algo te asuste. Pero hay algo sobre los aviones que simplemente me crea desconfianza. Entiendo toda esa explicación de que "es la forma más segura para viajar".

Es que, estás en un avión cerca de la ventana y al otro lado de ésta hay 35,000 pies entre ti y el suelo. No necesitas un espía del FBI para calcular el gran riesgo y peligro en esa ecuación.

—Ya, niñas, ya. Todo va a estar bien. ¡Nos vamos a divertir mucho en la casa de abuela! Especialmente cuando todos celebremos los Reyes Magos —dijo mi mamá.

—Espérate, espérate. ¿Nos vamos a quedar en casa de Mamita? —preguntó la Bruja—. Pero no tiene aire acondicionado. No tiene cable. ¡No tiene wifi! —Ahora la irritante y grande sonrisa de la Bruja se había transformado en una trompa de niña malcriada. Si hay algo con lo que no puede vivir, es su maquillaje, iPhone y wifi.

—Ay, ¿qué pasa? ¿Alguien le teme a la naturaleza? No te preocupes, traeré pañuelos por si lloras hasta quedarte dormida —dije.

La Bruja entornó sus ojos cafés cuando pasó a mi lado al subir las escaleras para ir a su cuarto.

—Permiso, voy a mi cuarto . . . debo empacar para este lindo y sudoroso campamento.

—¡Nos vamos a divertir, Flaca! ¡Es más divertido celebrar los Reyes Magos que la Navidad! —gritó mi papá cuando subí las escaleras pisando fuerte.

Aviones, calor, aire acondicionado inexistente y mi hermana. Todo eso me sonaba más a pesadilla que fiesta.

CAPÍTULO 2
Camellos voladores

Mi maleta estaba vacía en el piso de mi cuarto, y
así se quedaría un rato porque tenía que hacer una
investigación. Primero, consulté la página de web de
la Administración de Aviación Federal para asegurarme que no había habido choques de aviones en el
hemisferio del oeste en los últimos días. Después
revisé las alertas del Departamento de Seguridad.
Siendo la cuidadosa detective que soy, necesitaba
estar completamente segura que no había ninguna
razón por la que no debíamos hacer el viaje, porque
si hubiera, definitivamente les reportaría mis descu-
brimientos a mis padres y cancelaría esta miserable
vacación. Pero no había nada. Uf. No había forma de
escapar de este desastre.

Miré la pantalla de mi computadora fijamente
hasta que mi vista se puso borrosa. Mi mente empezó a viajar y mi cerebro pronto se llenó de preguntas.
¿Por qué íbamos a hacer este viaje? ¿Los Reyes

Magos? En todo caso, ¿qué era eso? En nuestra casa, no había celebraciones después del Año Nuevo. Y si este día festivo desconocido existía, ¿por qué no lo habíamos celebrado antes? ¿Había regalos? Si los había, tenía sentido que nuestros padres no nos lo hubieran mencionado antes. Necesitaba respuestas. Como ya estaba usando la computadora, decidí investigarlo. Sucede que el Día de los Reyes Magos es una súper festividad en Latinoamérica que se celebra el 6 de enero. La noche antes del Día de Reyes, los niños ponen grama en una caja y la colocan debajo de sus camas junto con un vaso de agua. Por la noche, los reyes llegan en camellos para darles regalos a los niños mientras sus camellos comen grama y beben agua. Estuve a punto de reírme en voz alta. ¿Tres hombres en camellos voladores? ¿Cómo es que nadie piensa que esto es extraño? Digo, ¿de dónde sacan todos los regalos esos hombres?

Luego empezaron a caer todas las piezas del rompecabezas. Los "Reyes Magos" pueden haberle robado los regalos a Santa Claus o ¡hasta haberlos sacado de debajo de los árboles de Navidad por todo el mundo! Después, se quedan con ellos hasta que los entregan el 6 de enero para quedar como héroes y restarle importancia a la Navidad. O, los reyes son recicla-regalos. Tú sabes, esa gente a quien no le gusta su regalo de Navidad y lo vuelve a envolver y se lo regala a alguien más. Tan malagradecidos. Así es, apuesto que eso es de lo que se trata el Día de los Reyes Magos: reciclaje de regalos de Navidad. Ya tenía casi todo resuelto sobre el día festivo y ni

siquiera había llegado a Puerto Rico. Ya sé, ya sé. Soy muy buena. Pero aún faltaba más trabajo por hacer. Básicamente, el día festivo tiene "actividad sospechosa" escrito por todos lados, y yo llegaría a la raíz de esto.

Empecé a organizar mi plan de acción en el pizarrón blanco en la pared de mi cuarto. Allí era donde sostenía todas las sesiones informativas de la mañana y organizaba mi plan de ataque. Escribí este bosquejo:

I. Observar el panorama
   A. ¿Había espacio para que los camellos aterrizaran y caminaran?
   B. ¿Había óptimas condiciones para volar?
   C. Tomar apuntes sobre los puntos de entrada a la casa y el cuarto.
II. Identificar a cualquier cómplice
   A. ¿Quién? ¿Cuál persona podría estar ayudando a estos "reyes"?
   B. Observar comportamientos sospechosos.
   C. Revisar artículos inusuales alrededor de la casa.
III. Vigilar
   A. Entrar en modo detective y quedarme despierta toda la noche.
   B. Atrapar a los culpables.
   C. Llamarlos para una entrevista.
IV. Revelar a los "reyes"
   A. Demostrarles a todos lo fabulosamente inteligente que eres.

B. Haz que la Navidad sea el día festivo principal para que no te pierdas clases el próximo año.

C. Jamás te quedes en un lugar sin aire acondicionado en Puerto Rico.

Fui al primer piso a hablar con mis padres durante el desayuno. Todo el pensar e investigar me había abierto el apetito. La Bruja ya había empezado a comer, pero no se veía tan contenta como cuando pensó que iríamos a París. Me encantaría comprarle un boleto sin regreso a Puerto Rico. Me senté a la mesa, y mi mamá me sirvió waffles. Le pedí una taza extra grande de chocolate caliente. Necesitaba el azúcar.

—¿Tienen preguntas sobre nuestro viaje, hijas? —preguntó mi padre. Era típico que hiciera preguntas para las que ya tenía respuestas. ¡Por supuesto que las teníamos!

—Sí, me gustaría que me explicaras exactamente qué sucede el Día de Reyes —dije.

Tomé un sorbo de mi chocolate caliente. Por poco me quemo toda la lengua. ¿Estaba mi madre tratando de distraerme con un plan maestro que involucrara chamuscar mis papilas gustativas? Esa pregunta tendría que esperar para otro día. Me quedé viendo a mi padre, esperaba una respuesta.

—Bueno, es un día festivo muy importante en Puerto Rico y muchos países latinoamericanos. Los niños ponen grama en cajas, y . . .

—Sí, sí, sí, leí todo sobre eso. Quiero saber exactamente *qué* sucede —demandé.

Mis padres se vieron el uno al otro un momento. Me escondían algo. Me lo podía oler.

—No esperan que crea que los camellos vuelan por todo el mundo con los Reyes Magos en el lomo, comiendo grama y entregando regalos, ¿verdad? ¡Los camellos son unos de los animales más lentos del mundo! No podrían hacer eso. Además, ¡ni hay camellos en Puerto Rico! —exclamé.

Intenté mantener mi profesionalismo mientras interrogaba a mis padres, pero los waffles de coquito de mi mamá me estaban tentando con su aroma. No podía resistir la tentación. Empecé a meterlos en mi boca mientras esperaba una explicación.

—Los niños de todo el mundo, inclusive tú, han creído en un hombre que viaja en un trineo jalado por renos voladores por mucho tiempo. Si puedes creer en eso, ¿por qué no puedes creer en esto? —dijo mi madre.

Era buena. Siempre le daba vuelta a mis preguntas. La peor parte era que esta vez, tenía razón. Fingí que tenía la boca demasiado llena como para decir algo inteligente.

Después de unos minutos, pude responder.

—¿Así es que estos Reyes Magos sólo visitan a los niños en ciertas partes del mundo? ¿Qué tal el resto de la tierra? ¿Dónde han estado toda mi vida?

—Visitan a los que creen en ellos —respondió mi madre—. Y no me parece que tú creas.

Sorbé del chocolate caliente otra vez. Se había enfriado un poco desde el último sorbo —peor, mi lengua aún estaba poco adormecida.

—¿Esto se trata de regalos, verdad? No quieres que recibamos más regalos, por eso nos has negado este día festivo. Espero que esos reyes traigan camellos extras porque me deben diez años de regalos.

La Bruja decidió entrar en la conversación. Nos había estado ignorando hasta ahora mientras comía y subía fotos de su boleto de avión al Internet para que sus amigos las vieran. —Flaca, ¿por qué eres tan fastidiosa? ¿A quién le importa lo que pase? Lo único que te debe preocupar es el broncearte. Aparte de las pecas, eres prácticamente invisible en la nieve.

—Tienes razón. Soy muy blanca. La próxima vez que estemos afuera usaré mi invisibilidad para lanzarte la nieve amarilla que hace el perro.

—Ya, ¡basta! ¡Dejen de pelear! —dijo mi papá. Siempre trataba de mantener la paz—. Vamos a tomarnos estas vacaciones, y todos tienen que sacarle provecho. El Día de Reyes es más que regalos y camellos. Es parte de la cultura y tradición de mi familia, y este año lo compartiremos con nuestra familia en Puerto Rico.

¿Cultura y tradición? Ya tenía suficiente de eso cuando mi mamá veía las telenovelas en español o me hacía comer las doce uvas en la noche del Año Nuevo.

CAPÍTULO 3
La Isla del Encanto

Una semana después, me encontré bajando por el pasillo de la puerta de embarque en el aeropuerto mientras miraba fijamente un avión que bien podría llevarme con seguridad a mi destino o dejarme en otro lugar peligroso. Vi con detenimiento el exterior del avión un momento y puse mi mano en el metal frío antes de respirar profundo y entrar. El capitán del avión estaba parado en la entrada con una aeromoza.

—¡Buenos días! Bienvenida a bordo —dijo la aeromoza.

Estaba demasiado alegre para mi gusto y no era la persona con quien yo quería hablar.

Vi al capitán y le pregunté —¿Ha volado este avión hoy?

Inclinó la cabeza y me vio en silencio por un momento. La aeromoza le dio una mirada confusa.

—¿Por qué lo preguntas? —dijo el capitán.

Ay. ¿Por qué no me daba una respuesta simple? La gente siempre me responde las preguntas con preguntas. Me vuelve loca.

—Bueno, si el avión ya voló hoy y ha ido y vuelto sin problemas, entonces es probable que me lleve sin dificultad a mi destino —dije.

Mi mamá me puso el brazo sobre los hombros e intentó empujarme, pero me quité su brazo de encima y no caminé. —Discúlpenla. Tiene un poco de miedo de volar —susurró.

—¡No tengo miedo! —protesté—. Necesito saber, eso es todo, por razones de seguridad.

El capitán asintió y sonrió. —Nadie me había hecho esa pregunta antes. Piensas de manera inteligente. Buen punto. Y, sí, el avión ya voló hoy.

—Gracias —dije—. Ah, asegúrese de no quedarse dormido.

—Lo haré —dijo el capitán. Me giñó el ojo, la aeromoza nos mostró nuestros asientos.

Me senté en la fila 14, en el asiento C. La Bruja insistió en sentarse en el asiento de la ventanilla, y por primera veces, no le discutí. No quería tener nada que ver con la ventanilla de un avión. Mi madre se sentó entre las dos, y mi padre se sentó en la misma fila al otro lado del pasillo. Me apreté el cinturón y repasé la lista de cosas que tenía que empacar para asegurarme que no había olvidado algo.

DEBO LLEVAR:

- Gafas de sol
- Pava

- Espejuelos del Abuelo
- Muchos shorts y muchas playeras
- Repelente para mosquitos
- Artículos de detective
- 10 tubos de protector solar (aplicar cada 90 minutos por cinco días)
- Libros sobre "Cómo sobrevivir en la naturaleza"

Sí, lo tenía todo. Cuando terminé de repasar mi lista, las aeromozas empezaron a darnos las instrucciones de seguridad. Las observé con detenimiento y seguí sus instrucciones con la guía en el bolsillo detrás del asiento enfrente de mí. Localicé cada salida de mi plan, los chalecos salvavidas y las máscaras de oxígeno. Mientras tomaba todos estas medidas preventivas, me fijé que nadie más en el avión estaba poniendo atención a las aeromozas. Los hombres estaban leyendo o durmiendo. Los jóvenes se entretenían con algún tipo de dispositivo electrónico. Las mamás estaban ocupadas tratando de mantener a los bebés callados. ¡¿Cómo sabría alguien qué hacer en caso de una emergencia?! Bueno, por lo menos yo sabría qué hacer. Toda mi ruta de escape estaba planeada. Sería la primera en correr por el pasillo lista para deslizarme por el tobogán inflable al lado del avión si era necesario.

El avión se elevó un poco después, y sentí que mi estómago chocó contra mi cerebro. Mis manos se agarraron del asiento, y mi cabeza se quedó pegada en el respaldo. Enfoqué la vista en el anuncio de salida enfrente de mí, y en las caras de las aeromozas que estaban trabajando mientras caminaban por el pasillo. Si lucían alegres, entonces todo estaba bien. Y yo sabía cómo leer las expresiones faciales por mi trabajo como detective, así es que podía saber que no fingían estar alegres. Me quedé en esa posición durante casi cuatro horas sin moverme hasta que las llantas del avión finalmente tocaron el suelo de la pista de aterrizaje en San Juan, Puerto Rico. En cuanto se detuvo el avión, algo raro pasó. Todos en el avión empezaron a aplaudir, y me uní a ellos. Probablemente aplaudí más fuerte que todos. Habíamos llegado . . . ¡en una pieza! Válgame, ¡me salvé!

—Bienvenidos a San Juan, Puerto Rico —dijo el capitán por la bocina—. La temperatura afuera está en los 86 grados Fahrenheit con cielos parcialmente nublados. Mi equipo y yo les agradecemos por volar con nosotros hoy. Qué tengan una magnífica estadía en la Isla del Encanto.

No tenía idea por qué este lugar se llamaba la Isla del Encanto, pero estaba segura que no me encantaría mucho ni caería bajo ningún hechizo. Tenía que investigar a unos reyes magos.

Esperamos una eternidad para recibir nuestro equipaje con los pasajeros de distintos vuelos. Todos estábamos parados alrededor de la cinta transportadora de equipaje codeándonos para tener espacio y sacar nuestras cosas. Cuando sacamos nuestras maletas, yo abrí la mía inmediatamente. Tenía que asegurarme de que todos mis artículos de detective y materiales confidenciales estaban en orden —no fuera que alguien hubiera tomado mis cosas. Todo estaba exactamente como lo dejé.

No fue hasta que subimos nuestro equipaje en el carro alquilado en el aeropuerto que pregunté a qué hora estaríamos en la casa de Mamita.

—Ah, qué bueno que lo mencionas... —respondió mi padre—. Les recomiendo que tomen una siesta. Estaremos allá en dos horas y media.

—¡¿Qué!? —exclamé. Acababa de pasar por un tortuoso y peligroso vuelo de cuatro horas y ahora querían que me sentara al lado de mi hermana en un carrito pequeñito por más de dos horas. Las cosas no podían estar peor. Pero pronto me daría cuenta que sí.

—No está tan mal, Flaca. Mira a tu alrededor. Disfruta del paisaje. Es un viaje muy lindo —dijo mi mamá.

Miré a mi alrededor como dijo. Absorbí el paisaje. Manchas de sudor se estaban formando debajo de mis axilas. El calor me daba bofetadas en la cara como una cobija caliente de la que no podía escapar. Y por lo que había dicho la Bruja sabía que no había aire acondicionado adonde íbamos. Mis padres dijeron que yo ya había estado en la casa de Mamita cuando era más pequeña, pero no recordaba nada ni a nadie. Iba a una tierra extraña y estaba completamente insegura de lo que enfrentaría o dónde me quedaría. Durante el largo viaje en auto, podría hablar con la Bruja y preguntarle más sobre la casa de Mamita, pero no confiaba en la información que diera. Me subí al carro, me puse la pava sobre los ojos con esperas que llegáramos pronto.

Después de dos largas y terribles horas, mi padre dijo —Nenas, ya casi llegamos. Sólo falta subir.

Miré por la ventanilla y vi montañas por todos lados. Había una montaña especialmente grande enfrente de nosotros.

—¿Subir adónde? —pregunté.

La Bruja empujó mi cara contra la ventanilla. —Allá. —Señaló la cima de la montaña y me dio una mirada malévola.

No estaba bromeando. Mi padre empezó a subir por la montaña con su carro. Entre más alto subíamos, más sinuosa la carretera. Sentí que me empezaba a marear y bajé la ventanilla para tomar aire. Pero el viento estaba demasiado caliente, así es que me hice aire con la pava. El camino se estaba estrechando más y más. Nuestro carro apenas si cabía. Mi papá empezó a dar bocinazos.

—¿Por qué el bocinazo? No hay nadie enfrente de ti —dije.

—No lo estoy haciendo por la gente enfrente de mí. Es por la gente que está bajando de la montaña para que sepan que voy subiendo. No nos verán por las curvas.

—Espera, ¿qué? ¿Este camino es para dos carros? Pero no vamos a caber. Vamos a chocar y caer por la . . .

—Orilla —dijo la Bruja.

Me asomé por la ventanilla. No había nada al otro lado, justo como en el avión. No había barandilla protectora en la carretera, ni casas, ni edificios.

Sólo acantilados. Escondí la cara en medio del asiento trasero y me cubrí la cabeza con la pava otra vez.

—No te preocupes, Flaca. Llegamos en unos minutos —dijo mi mamá.

Aguanté la respiración todo el camino hasta la casa de Mamita y me dije que cuando volviéramos al aeropuerto, bajaría la montaña con una venda en los ojos.

Cuando finalmente llegábamos, mi padre entró por un camino de tierra. Todos nos saludaban en el camino. Mi padre tocó la bocina y saludó. La gente caminaba tranquilamente, sin ninguna prisa.

—¿Conoces a esa gente? —pregunté.

—A algunos. Pero si están en esta calle probablemente son nuestros parientes. Toda esta tierra es de nuestra familia —dijo mi padre.

Las casas eran diferentes de las que yo acostumbraba ver. Eran coloridas. Como de color china, rosado y morado. Y estaban echas de cemento, muchas con techos de zinc. Las ventanas no se abrían como en las casas en donde yo vivía. Tenían telas metálicas y postigos en las ventanas que se abrían hacia arriba. Qué raro. La ropa se colgaba a secar en los tendederos. Nunca había visto algo así, excepto en las películas antiguas. También había niños persiguiendo perros y gallinas en la calle. Algunos no llevaban zapatos. La tierra seguramente estaba hirviendo de calor. ¿Cómo es que no se quemaban los pies? Eso era algo que valía la pena investigar.

El carro alquilado llegó a una casa blanca de cemento. Detrás de ella había otras dos casas. Había árboles, gallinas en todo derredor y, al final de un pastizal, vacas. Había una persona asomándose por una ventana de la casa blanca. No podía distinguir su cara, sólo un par de ojos que no nos veían a nosotros. Veían a través de nosotros, al terreno.

Bajamos del carro con nuestras cosas y caminamos hacia la puerta trasera para entrar a la casa. Otra vez, no había barandilla. ¿Qué le pasaba a esta gente? Precipicios en picada y escaleras peligrosas. ¡El índice de accidentes tenía que estar por encima de los techos!

Mamita estaba sentada en su mecedora. Su cabello era blanco y cortado al estilo del corte de un niño. Toda su piel colgaba. Mucho. Dobleces y más dobleces de piel curtida y colgante. Me pregunté si se sabría su edad si le contara los dobleces, tú sabes, como los anillos dentro del tronco de un árbol. Nadie sabía su edad exacta, pero pensé que tendría casi 100. Tenía los ojos súper azules como ninguna otra persona en mi familia. Y cuando sonreía, tenía unos dientes perfectamente blancos y cuadrados. Sabía que no eran de verdad. Probablemente eran como la dentadura de mi abuelo en casa. Mamita se levantó de la mecedora y tomó su bastón. Podría ser una anciana, pero tenía mucha energía.

Todos nos abrazamos y todos empezaron a hablar en español. Ahora es el momento adecuado para contarte que no hablo un montón de español. Entiendo todo, pero a veces es difícil conversar, especialmente cuando todos están hablando a 100 millas por hora. Así es que, debes saber que el resto de las conversaciones de estas vacaciones se hicieron en español.

—Mira a mi Flaca —dijo Mamita. Me vio de arriba abajo y me miró fijamente.

No estaba segura si eso era bueno o malo. Sentí como que podía ver a través de mi piel. Qué estaría pensando, sintiendo. Me inquietaba.

Nos encaminó a la recámara. Tenía un ventilador alto, dos cómodas y dos camas. La parte más rara es que las camas estaban cubiertas con mallas. Por supuesto que sabía para qué las necesitaban.

—¿Qué es eso? —dije, señalando las mallas.

Mamita se rio. —Mosquiteros —dijo.

—¿Qué es un mosquitero?

—Es una malla que se cuelga por encima de la cama para que no te piquen los mosquitos —dijo mi mamá.

Ya, qué maravilla. La plaga de mosquitos en esta isla era tan grave que necesitábamos una malla para protegernos de ellos durante la noche. O tal vez era para hacerte quedar en cama y que no anduvieras fisgoneando en la noche antes del Día de Reyes. ¿Y el ventilador? ¿De qué iba a servirme un ventilador sino para soplarme aire caliente en la cara? Dormir iba ser imposible.

—Muy bien, ¿cuál es mi cama? —preguntó la Bruja.

—Ésa es tu cama —dijo mi padre, apuntando a la cama de la esquina. Luego, apuntó a la otra cama y dijo— y ésa es nuestra cama.

—Parece que Flaca va a dormir en el sillón —dijo la Bruja.

—No, ambas van a compartir una cama —dijo mi mamá.

Tanto la Bruja como yo estábamos tristes con eso. Si hubiéramos estado en otro lugar, como en un hotel con aire acondicionado o hasta en una cabaña en el bosque, yo habría dormido en el sofá. Pero había visto lagartijas correr por las paredes y el piso de la sala. No había caso de que me hicieran dormir en un lugar que no fuera bajo un mosquitero.

Esa noche, me duché con agua fría (lo cual no era tan malo ya que hacía mucho calor) y me metí en una esquina de la cama para no tener que estar muy cerca de mi hermana. No importaba cuánto ella lo negara, mi hermana roncaba más fuerte que una orquesta. Iba a ser una noche larga. Lo único que me hacía sentir mejor era que sólo faltaban cuatro días para regresar a casa.

CAPÍTULO 4
Quedarse en el zoológico

Más o menos a las 5 de la mañana del siguiente día, me despertó uno de los ruidos más alarmantes que he escuchado en mi vida. Había dormido muy poco. En Puerto Rico había tanto ruido por la noche. Era como si estuviera durmiendo en un zoológico, rodeada de víboras de cascabel y lo que mi mamá me dijo era la canción de una ranita de árbol conocida como el *coquí*. Cuando por fin logré quedarme dormida, un ruido petrificante me hizo saltar de la cama. Era como un chillido o grito. ¡Tal vez alguien estaba buscando ayuda! Salté y me puse las chancletas. Justo cuando iba a sacar la linterna de detective, empezó el ruido otra vez.

—¡¿Qué es eso?! —grité.

La Bruja se quejó. Mi padre siguió durmiendo.

—Son los gallos, Flaca. Vuelve a la cama —bostezó mi madre.

—¿Cómo voy a dormir otra vez? ¡Esa cosa está gritando cerca de la ventana!

El malvado animal cacareó una y otra vez. No paró hasta que salió el sol. Quería salir y cerrarle el pico con cinta adhesiva. Como era obvio que no me iba a volver a dormir, decidí explorar la casa con la linterna. Tenía que tener una buena idea de cómo eran las noches por estos lados . . . cómo sería la noche antes del Día de Reyes. Quería ver si encontraba cosas inusuales tiradas por ahí, como lo había escrito en mi bosquejo. Ya no estaba en mi territorio. Si iba a averiguar lo que estaba detrás de este nuevo día festivo, tenía que tener una idea clara del tipo de medioambiente con el que estaba bregando.

Iba a empezar afuera pero decidí que no era buena idea. No sabía qué tipo de enemigos o animales salían antes del amanecer. No tenía intenciones de ser el desayuno de alguno. Así es que empecé mi investigación en la sala. Iluminé las paredes, tomando una foto mental de cómo lucía todo. Las fotografías en repisas, los libros en el librero, la cucaracha gigante en la pared enfrente de mí. Espera . . . ¡¿la cucaracha gigante en la pared enfrente de mí?! Me congelé. En serio, estaba atrapada en mis pasos. No era por miedo, claramente, no podría temerle a un insecto insignificante. Pero la cosa era inmensa. Digo, gigantesca. Jamás había visto algo así. Me dije que la cucaracha mutante me tendría más miedo a mí que yo a ella, pero eso no duró mucho porque se me brincó encima. Corrí para salvar mi vida. Lo único que podía oír era el aleteo de sus alas detrás de

mí, como si yo fuera una ardilla huyendo de un águila. Seguramente grité porque Mamita entró corriendo a la cocina.

—¿Qué pasa, Flaca?

—¡La cucaracha! ¡La cucaracha! —grité sin parar de correr.

Mamita encendió la luz de la cocina y vio a mi depredador en la pared. Se rio. ¡Se rio! Luego le pegó con el bastón. Cuando cayó al piso, la volvió a aplastar. No vas a creer lo que pasó después. ¡La cucaracha SALIÓ de su concha! Literalmente salió y empezó a alejarse con un asqueroso cuerpo blanco. Mamita la aplastó una vez más y barrió todos los pedazos.

Me quedé en una esquina de la cocina, horrorizada. En ese momento probablemente estaba más pálida que ninguna otra vez (y ya soy bastante pálida). Mi mano me cubría la boca, trataba de contener el vómito que se elevaba en la profundidad de mi estómago. No tenía palabras para mi bisabuela. La observé, no estaba segura qué decir. Era una guerrera. Una intrépida heroína en el cuerpo de una anciana. Jamás había sabido de quién yo había heredado todas esas destrezas hasta entonces.

Así es que le dije lo que le diría un héroe a otro héroe. —Gracias.

—De nada. Vuelve a la cama.

Hice lo que me dijo. De regreso a mi cuarto, la escuché cantar la vieja canción, "La cucaracha, la cucaracha, ya no puede caminar . . . "

¿Se estaba riendo de mí? ¿Cantaba de una cucaracha que ya no podía caminar? Para acabarla, volví a un cuarto donde todos dormían tan profundamente que ni siquiera me escucharon gritar por mi vida. Me podrían haber atacado lagartijas o un gallo salvaje me podría haber picoteado y nadie se habría enterado. Abrí el zíper del mosquitero y me metí a mi esquina de la cama. No saldría de allí el resto del día, excepto para comer e ir al baño, y sólo si eso era absolutamente necesario.

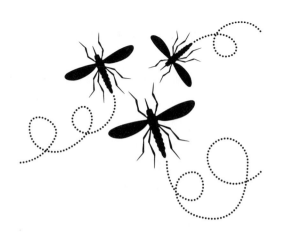

CAPÍTULO 5
Moscos vs. mocos

Habían pasado dos días desde mi encuentro con el insecto asesino. Después de eso volví a sufrir otro ataque, esta vez por una gallina violenta que creyó que le estaba robando su pollito. También encontré, a través de una forma difícil, que el papel sanitario fácilmente tapa los inodoros en la casa de Mamita. Otro momento vergonzoso del que no daré más detalles. Encima de todo eso, estaba un poco entusiasmada porque hoy celebraríamos el Día de Reyes, y eso quería decir que estaríamos de vuelta en casa en dos días. ¡Seguro que sí! Al mismo tiempo, estaba débil. Me sentía vacía, sin energía . . . como si las docenas de picaduras que me cubrían el cuerpo me hubieran chupado las destrezas para luchar en contra del crimen. Hasta cuando me vi en el espejo vi una niña distinta. Tenía ojeras por lo poquito que había dormido en esta "vacación". Mi largo cabello estaba recogido en un moño, para que no me sofocara el calor. (De hecho, jamás me arreglo el cabello.) Y parecía que mi cara se había llenado de un montón de espinillas, por todas las picaduras de los insectos. Los insectos en la isla seguramente eran inmunes al repelente. Lo extraño era que Mamita no tenía picaduras de insecto. Ni una sola, y ni siquiera usaba mosquitero en su cama. Tal vez las sabandijas en su casa vieron lo que le hizo a la cucaracha y no querían tener el mismo fin. La verdad era que yo ya no quería estar en su casa. No quería celebrar ningún día festivo o recibir regalos. Sólo quería regresar a casa, en donde todo tenía sentido, donde podría sintonizar el Canal del Crimen en paz, donde podría ser yo.

La tarde antes del Día de Reyes había llegado, y muchos de los miembros de la familia de mi madre empezaron a arribar a la casa de Mamita para preparar las festividades de la tarde. Habría una gran cena familiar, música y baile, y finalmente los niños llenarían cajas de zapatos con grama para los camellos. Muchos de los adultos entraron a la casa y fueron a abrazarme y comentaron lo grande que estaba. Jamás había conocido a estas personas, pero mis padres dijeron que visité Puerto Rico cuando era una bebé. Me quedé parada incómodamente y dejé que me abrazaran mientras mi mamá me daba una mirada que decía, "Pórtate bien". La Bruja, convenientemente, se había desaparecido. Se había estado juntando con uno de nuestros 200 primos que vivían detrás de la casa de Mamita.

Empezaba a retroceder poco a poco a mi cama con el mosquitero, cuando escuché que un grupo de

niños en la sala hablaba sobre los regalos que esperaban recibir de los reyes. Despertó la curiosidad en
parte de mi detective interior. Tomé mi libreta y
decidí entrar en la conversación, sólo para conseguir
información de trasfondo. Los niños parecían tener
mi edad. No tenía idea de nuestro parentesco, y aunque ellos trataran de explicármelo, probablemente
habría tenido dificultad en imaginarme ese árbol
familiar gigantesco hecho de gente que no conocía.
Mamita tenía trece hijos en total. Yo no tenía ningún
interés en empezar a descifrar el código familiar.
Posiblemente lo haría más tarde en mi carrera de
detective.

Me senté en el sofá y empecé a hacerle preguntas
a una niña llamada Mari. Era linda pero frágil. Tenía
el mismo color de ojos que Mamita y el cabello
rubio. —Bueno, Mari, ¿qué hacen aquí en el Día de
Reyes?

—Tú sabes, comida, música, ponemos grama.
Las cosas de siempre —respondió. Qué maravilla,
era muy buena para dar detalles, ¿verdad?

—De hecho, no sé qué se hace, qué es lo mismo
de siempre —confesé—. Nunca he celebrado el Día
de Reyes.

Los demás niños en la sala intercambiaron mira-
das de asombro.

—¿No celebras el Día de Reyes allá afuera? Pues
nosotros, los puertorriqueños, lo celebramos. Es un
día festivo importante. Algunos consideran que es
más grande que la Navidad —dijo un niño llamado
Joel.

Me imaginé que él era un surfista. Llevaba unos lentes bien suaves encima de la cabeza y una playera tipo surfista. Pero, ¿qué quería decir "nosotros los puertorriqueños"? ¿No me incluía en ese grupo? ¿Yo no era puertorriqueña simplemente porque no celebraba el Día de Reyes? Entre más respuestas recibía para mis preguntas, más preguntas tenía. Empecé a escribir mis pensamientos en la libreta, pero la comezón en mis piernas era muy fuerte. No la podía ignorar. Si me rascaba las picaduras, se me podrían infectar. Así es que me empecé a pegar en las piernas para deshacerme de la sensación insoportable.

—¿Qué haces? ¿Qué te pasó en las piernas? —preguntó otro niño llamado Rubén.

El sabelotodo podría ser un problema. Reconozco a un travieso inmediatamente. Regla 1 en el trabajo detectivesco: confía en tu instinto. Mi instinto me indicaba que el susodicho Rubén era malas noticias.

—Moquitos —dije.

Rubén empezó a reírse. Es decir, a reírse como loco. —¡Moquitos! ¡Los moquitos la atacaron!

El resto del grupo en el sofá empezó a reír. ¿Fue algo que dije?

—¿Qué es tan chistoso? —pregunté.

—*Moquitos* son los que salen de tu nariz. Mossquitos son los insectos —dijo Rubén.

¿En serio? Me comí una pequeña "s" en la palabra y había pasado de haber sido picada por un chupasangre volador a ser picada por mocos.

Rubén se burló se mí. —Ten cuidado esta noche, Flaca. Cuídate de los *moquitos*. ¡Son lo peor!

En todo mi alrededor había caras riendo, dedos que me apuntaban como si fuera un payaso. Me enojé. Estaba súper enfogonada, a punto de estallar de furiosa. Me levanté, salí hecha una furia por la puerta de tela metálica de enfrente y caminé a la orilla de la carretera que daba hacia el pastizal lleno de vacas. Grité tan fuerte como pude y tanto como mis pulmones me lo permitieron. Me sentí tan bien después que lo volví a hacer. Luego me di cuenta que me observaban un montón de vacas que probablemente pensaban que era una loca. Me vi los pies y noté que no tenía zapatos, como los demás niños que había visto caminando cuando recién llegamos a la casa de Mamita. Casi me parecía a ellos. Pero no era como ellos. No era NADA como NINGUNA persona de aquí, y eso era bueno. El fiasco entero con esos niños allá adentro me recordó quién era y quién sería siempre. La Detective Flaca estaba de vuelta y ¡con más resolución que nunca antes! Se lo demostraría. Iba a desenmascarar a los Reyes Magos por lo que eran: una farsa. ¡Un día festivo repleto de regalos que sobraban de la Navidad! Yo sería quien reiría al final en la mañana.

Me senté en la banca en el balcón frente a la casa de Mamita y planeé mi revancha en la libreta de detective. Necesitaría todos los artefactos más nuevos y algunas de mis herramientas más antiguas y fiables. Cada parte del equipo que traje en este viaje era esencial. No había tiempo que perder. Mamita salió al patio en medio de mi preparación.

—¿Escribes una carta? —preguntó.

—No —dije.

—Ven conmigo. Quiero mostrarte algo.

—Estoy un poco ocupada ahora.

Mamita no se movió. Se quedó allí parada con los ojos quemándome a través del papel. Llevaba una canasta de paja tejida en las manos.

—¿Estás tratando de leer lo que estoy escribiendo? —pregunté.

—No sé leer. Aunque quisiera, no me interesa. Estoy esperando que vengas conmigo, y no me estoy haciendo más joven.

Normalmente le respondería con alguna insolencia, pero tenía la sensación de que Mamita no iba a desistir. Me levanté, me puse la libreta bajo el brazo y la seguí. Me llevó alrededor de la casa y bajamos por una colina a lo que parecía ser una selva. Estaba rodeada de vegetación y podía sentir pequeñas picaduras formándose encima de las picaduras hinchadas que ya tenía. ¿Por qué todos me querían torturar?

Mamita se detuvo enfrente de una hilera de plantas con una cosa blanca en ellas y me entregó la canasta.

—¿Para qué es esto? —pregunté.

—Hablas demasiado. Empieza a cosechar el algodón.

¿Algodón? Vi la planta blanca con más cuidado. Estiré los dedos y toqué el material suave. Tenía razón ¡era algodón! No sabía que el algodón venía de

una planta. Siempre pensé que venía de una farmacia. Mamita siguió caminando por la hilera de matas y empezó a cosechar distintas habichuelas, entregándomelas para que las pusiera en la canasta. Supuse que las usaríamos en el banquete de esa noche.

Las hojas de los árboles a nuestro alrededor crujían, y mi ropa flotaba con el viento. Eché una mirada hacia Mamita. Sus ojos azules estaban cerrados y tenía la cabeza empinada con el viento, sonriendo. Decidí hacer lo mismo que ella. Sentí que se movían los árboles, escuché animales que no podía ver y vi la luminosidad del sol a través de mis párpados. Luego todo fue interrumpido por dos gallinas que se perseguían una a la otra, corriendo entre Mamita y yo. Ambas nos miramos y nos reímos.

—¿No te gusta estar aquí, Flaca? —preguntó mi bisabuela.

Me encogí de hombros.

—¿Eso es un sí?

Asentí. La señora me había dicho que hablaba demasiado. Así es que ahora no iba a hablar.

—Sabes que no eres tan linda como tu hermana, ¿verdad?

Fantástico, otra persona que quería recordarme lo bella que era la Bruja y todo el "potencial" que yo tendría si vistiera con ropa más femenina o si sonreía más. Ahora yo estaba tirando las habichuelas a la canasta con enfado.

—No eres tan linda, pero eres más inteligente.

La vi de reojo. Ahora ya tenía mi atención. Por fin alguien se había fijado en mi inteligencia.

—Eres muy inteligente, pero no te ciegues con ello. Crees que no tienes lugar aquí. Pero si estás aquí es porque sí lo tienes. He vivido aquí toda mi vida. Todos mis hijos nacieron en esta casa. Y tú, tú eres la nieta de mi primogénito. Si no fuera por esta tierra, estas plantas, esta isla, no estarías aquí hoy. No lo olvides.

Asentí y sonreí.

—Sé que no me estás escuchando ahorita, pero algún día lo vas a entender —me dijo.

Terminamos de cosechar habichuelas y cogí unos mangós y carambolas camino a casa. Le ayudé con la canasta de regreso a casa y luego me fui a mi malla mosquitera. Me caía bien Mamita. Me caía muy bien. Podría tener razón, pero su discurso no había cambiado nada. El Caso de los Reyes Magos seguía bien abierto.

CAPÍTULO 6
Atrapemos a los reyes

Justo antes de que se metiera el sol, todos los niños en la familia de mi madre sacaron sus cajas y las llenaron con grama del jardín de enfrente de la casa. Los adultos también estaban afuera, mirando a los niños y hablando. La Bruja había salido de su cueva y se estaba riendo de mí mientras que simultáneamente recogíamos grama y yo trataba de espantar los insectos voladores que al parecer sólo me estaban atacando a mí.

Mi padre no me dejaba en paz, me tomó millones de fotos llenando la caja con grama. Me rogó que sonriera y lo único que me sacó fueron unos ojos en blanco. Mi madre me sonreía y saludaba desde la orilla. Parecían estar feliz al verme interactuar con mis primos. No tenían ni idea que tramaba algo. Por la noche, pondría mi caja debajo de la cama con un vaso de agua. Cuando todos estuvieran durmiendo, me quedaría despierta para mantener la vigilancia.

Espiaría a esos "reyes" quienesquiera que fueran, y los atraparía con las manos en la masa. Qué descaro, ¡reciclar regalos de Navidad! Los desenmascararía frente a esos niños burlones y les aguaría la fiesta de su precioso Día de Reyes. ¡Ja!

Pasaron horas, digo HORAS, antes de que todos se fueran. Estaban muy ocupados con la rutina que ya conocía: comer, bailar, bochinchar, repetir. Era un festival gigante en las casas de toda la isla. Algunos pueblos hasta hicieron desfiles. Debo admitirlo, la comida estaba bien rica. Súper rica. Y tomé mucho refresco. Hasta tomé café después del postre a escondidas. Necesitaba la cafeína si me iba a quedar despierta toda la noche.

Cuando se fue la multitud, seguí con mi plan. Dejé que mis padres me miraran poner la grama y agua debajo de mi cama, y sí, tomaron más fotos. Más tarde usaría esa cámara para tomar fotos de la importante visita que todos esperaban. Sin evidencia concreta no podría demostrar nada.

Como había batallado tanto para dormir en la casa de Mamita, no tendría ningún problema en quedarme despierta hasta que escuchara a la Bruja roncando y a Mamita moviéndose en su recámara. Ésa sería la señal. Cuando escuchara eso, despacio y con mucha cautela abriría el zíper del mosquitero y acomodaría las almohadas debajo de las sábanas, en caso de que mis padres se despertaran para ir al baño. Si se enteraran que no estaba en cama, se arruinaría mi investigación. De puntillas me acerqué al equipo de detective. Los espejuelos de mi abuelo, aka mis lupas: listo. Pava: puesta. Set de huellas digitales: en mano. Cinta policial: bajo el brazo. Cámara de Papá: colgando de mi hombro. Linterna tipo policía: bien y súper brillante. Era hora de hacer la vigilancia.

Me posicioné detrás de un gabinete en la cocina. La recámara de huéspedes estaba justo al otro lado. Los visitantes jamás me verían allí. Los atraparía justo cuando entraran a mi recámara, les tomaría una foto y los interrogaría en la sala. Llegaría al origen de este día festivo en un santiamén. Quería saber su propósito, por qué hacían lo que hacían y qué estaban tratando de demostrar al robar y/o volver a regalar los regalos de Navidad. Mis ojos estaban bien abiertos. Mis oídos estaban en el nivel más alto de sensibilidad. Estaba lista. Miré el reloj en el horno. 12:34. Llegarían en cualquier minuto. Cualquier minuto. Pero el reloj se estaba haciendo más y más borroso. Su luz ya no estaba brillando tanto como antes. Seguramente se le estaba acabando la carga de las pilas.

Lo que escuché después fue el canto del gallo. ¿Cómo era posible? Apenas eran las 12:34. Tenía la espalda adolorida. Sentí una punzada que me subió por el cuello mientras miraba el reloj. ¡Eran las 5:45! ¡¿Cómo es que se pasaron cinco horas?! No había forma de que me hubiera quedado dormida. Era una detective profesional. Los detectives expertos no se quedaban dormidos durante los turnos de noche. Seguramente me sabotearon. De alguna forma, me habían observado y expuesto a un tipo de gas soporífico.

Me levanté de un salto y me metí al cuarto sigilo-
samente. Usé mi linterna para mirar debajo de la
cama. El vaso estaba vacío y le caja de grama estaba
medio vacía. También había regalos debajo de mi
cama. Iluminé el piso con la linterna para asegurarme de no tropezar con nada en el rastro mientras
buscaba más pistas, y ¡BINGO! Había un rastro de
grama que empezaba en mi cama. Lo seguí. Salía de
mi cama y pasaba por la sala hasta llegar a la puerta
principal.

Inmediatamente, me puse en acción. Usé la cinta
policial para cerrar el paso al rastro de grama en la
sala. Necesitaba estudiarlo con cuidado. Mi set de
huellas digitales me serían muy útiles. Lo usé para
espolvorear el mango de la puerta de la entrada. Tendría que hacer un set completo de las huellas digitales de todas las personas de la casa en cuanto amaneciera. Tenía que descartar a todos los sospechosos.

Estaba buscando huellas en la mitad del sueldo
de la sala cuando escuché una voz detrás de mí.
¿Habían regresado? Rápidamente volteé y empecé a
tomar fotos.

—¡¿Qué está pasando?! —dijo una voz conocida.

Paré de tomar fotos y con la linterna iluminé al
culpable.

—¿Flaca? ¿Eres tú? ¿Qué estás haciendo?

—¡Mamita, shhh! Por favor no pases la cinta policial. Está bien, estoy trabajando.

—¿Qué le hiciste a la sala? —me susurró—. ¿Por
qué te pusiste una pava y lentes grandes? Tú no usas
lentes.

Suspiré. Supuse que debía darle algún tipo de explicación para que se alejara de la escena del crimen lo antes posible. Tenía que trabajar y había poco tiempo para hacerlo antes de que regresaran los niños a abrir sus regalos.

—Mamita, no conoces esto de mí, pero soy detective. Una gran detective. Soy famosa en donde vivo. Algo está pasando con este día festivo, algo que no está bien. Camellos voladores, reyes magos anónimos que entran a escondidas a tu casa . . . No tiene sentido. Ahora, si me permites, tengo que terminar la investigación.

Mamita miró alrededor de la sala. Parecía estar estudiando mi trabajo. Claramente, la impresioné. No te enteras que tu bisnieta es una súper detective todos los días. ¿Quién la puede culpar?

—¿Qué piensas hacer con la información cuando descubras quién está detrás de este día festivo?

—Pues, eso es fácil, voy a decírselo a todos los niños cuando abran los regalos. Creen que yo soy un chiste, pero eso va a cambiar muy pronto.

Seguí el rastro de grama, tratando de encontrar alguna pista. Cualquier cosa que me ayudara a identificar quién estaba detrás de este desastre era clave. Pero eso no duró mucho porque Mamita me levantó del suelo por un brazo y me llevó a la cocina por el pasillo.

—¡Oye! ¿Qué haces? ¿Adónde me llevas? —susurré.

—Silencio o vas a despertar a tus padres, y luego vas a tener un gran problema —dijo Mamita.

Me sacó por la puerta trasera hacia el gallinero. Recogió un galón de maíz seco que mantenía al lado de la casa y empezó a tirarlo por el suelo. Las gallinas y los gallos vinieron corriendo, peleándose uno con otro para tomar el desayuno. Me di cuenta que había menos gallinas que antes. Sentí una pesadumbre en el estómago. La cena de anoche ya no me parecía tan deliciosa.

—Mira, me encantaría ayudarte a darles de comer a las gallinas, pero me tengo que ir. Todos se van a despertar pronto, y tengo que resolver esto para entonces.

Estaba a punto de empezar a caminar de regreso a la casa, cuando Mamita dijo —¿Quién crees que les va a dar el desayuno a los pollitos?

—Obviamente las gallinas —respondí.

—Pero, ¿lo hicieron? ¿Las gallinas verdaderamente les dieron su desayuno? ¿O lo hice yo?

No estaba segura lo que Mamita estaba tratando de decir con su discurso sobre el desayuno de las gallinas, pero sabía que era un truco. Me estaba poniendo en prueba. Por suerte, yo siempre me saco As en las pruebas.

—Técnicamente, lo hicieron las dos —dije.

—Pero, ¿importa quién les dio de comer?

—No, lo que importa es que hayan comido.

—Exactamente. —Mamita ahora estaba sonriendo.

Aún no entendía qué quería decir con esto. Las señales del amanecer empezaban a asomarse en lo más lejos del cielo. Estaba corriendo el tiempo.

—Flaca, los niños que celebran el Día de Reyes son como los pollitos. No les importa de dónde vienen los regalos o quién dejó el rastro de grama. Lo que importa es que están rodeados de personas que los quieren y los verán sonreír esta mañana. ¿Entrarías al gallinero a quitarle la comida a los pollitos? Si pudieras, ¿les dirías quién les dio la comida? ¿Qué no fueron sus madres?

Pensé en cómo sería hablar el lenguaje de las gallinas. Sería una buena herramienta en estos lugares. También pensé en la pregunta de Mamita.

—No, no me gustaría decepcionarlos —dije.

—Entonces, por favor no decepciones a los niños esta mañana —dijo Mamita—. Este día festivo no es importante para ti, pero para algunas personas tiene mucho significado. Es algo que esperan. No les quites eso.

Y allí me di cuenta. Por supuesto que los adultos y niños más grandes no creían que hubieran camellos voladores que entregaban regalos o que se comían la grama debajo de sus camas, pero celebraban el Día de Reyes de todos modos. No se trataba de los regalos ni de los reyes. Se trataba de bailar. Se trataba de compartir. De creer en la familia, y Mamita creía en mí.

Empecé a volver a la casa. —Vamos —le dije.

—¿Adónde vas? —preguntó Mamita.

—A prepararme para el Día de Reyes.

No pude ver la cara de Mamita quien caminaba detrás de mí al subir la loma, pero sabía que sonreía.

Cuando ya estábamos adentro, quitamos la cinta policial y limpié el polvo para las huellas digitales. Chocamos las manos y me volví a meter dentro del mosquitero. Con suerte, podría dormir unas cuantas horas más antes de que amaneciera.

CAPÍTULO 7
Ya comieron los polluelos

Me despertaron los gruñidos y las patadas de la Bruja en mi espalda unas cuantas horas después. Mis padres estaban rondando la cama como helicópteros, tomando y tomando fotos. Intenté actuar sorprendida cuando encontré mi regalo debajo de la cama y hasta sonreí para el paparazzi. Mamita me guiñó a escondidas.

No tuve que esperar demasiado para que los otros familiares llegaran. Llegaron en manada a la casa con regalos, barras de pan caliente para el desayuno y dulces para todos. Mamita se sentó a la cabeza de la sala, cuidando a sus polluelos mientras abrían sus regalos. Se veía radiante de placer. Todavía yo no estaba segura quiénes eran los Reyes Magos, pero definitivamente había descubierto quién era la reina de nuestra familia.

Caso de los Reyes Magos: CERRADO

Abrí mi regalo. Era una suscripción para *Detective Weekly* . . . y una crema para la picazón. Me reí por la combinación. El día festivo no era tan malo al final. De repente se me ocurrió algo. Quería darle un regalo a Mamita. ¿Pero qué le podría regalar? Después de un rato, se me ocurrió algo.

Mamita estaba sentada en su mecedora en la recámara, observando su terreno por la ventana como lo hacía cuando recién llegamos en el carro que alquilamos.

—Tengo un regalo para ti, Mamita —dije.

—¿Sí? —se dio vuelta y me saludó con una sonrisa de dientes falsos. Era la sonrisa más linda que había visto.

—¿De verdad no sabes leer? —pregunté.

Asintió. —Conozco las letras, pero jamás aprendí a leer. En mis tiempos, las modelos como yo no tenían que aprender.

Aunque era vieja, era bien divertida.

—Estuve pensando que cuando vuelva a casa, puedo comprarnos los mismos libros y mandarte una copia por correo. Luego te puedo llamar y podemos leer juntas por teléfono. De esta manera, te puedo enseñar.

—De acuerdo.

—De acuerdo —dije, estrechando su mano curtida, arrugada.

Nos tomamos de la mano mientras sentadas, miramos por la ventana. Los gallos estaban cantando. Los perros ladrando. Hasta la casa estaba vibrando. Por primera vez desde que llegamos a la casa de Mamita, no oía los fastidiosos sonidos de la isla. Escuchaba el latido de su corazón.

CAPÍTULO 8
De vuelta en la oficina

La mayoría de las picaduras habían empezado a cicatrizar para cuando mi familia y yo regresamos a casa. Era bien asqueroso, y parecía que me estaba reponiendo de un terrible caso de varicela. Mi madre me puso un mejunje de agua oxigenada (un líquido raro que hizo espuma blanca en las picaduras) y crema anti picazón, para que no se me hiciera una infección. Menos mal que en nuestra casa era tiempo de invierno. Podría cubrir las picaduras en mi cuerpo con pantalones y suéteres. Nadie quiere estar cerca de una persona que parece tener la plaga o algo parecido.

Cuando terminé de desempacar, decidí que revisaría mi correo. Mi primer ejemplar de *Detective Weekly* había llegado mientras estaba lejos. ¡Qué bueno! Me senté en mi sillón reclinable con los pies sobre mi escritorio, al lado de una pila de archivos de casos irresueltos en los que trabajaría muy pron-

to. Nada quedaba sin resolver por mucho tiempo, eventualmente resuelvo todo.

Empecé a leer un artículo sobre cómo separar tu vida personal de tu trabajo. Se llamaba, "Deja el trabajo en la puerta". Pensé sobre lo difícil que había sido eso para mí en la casa de Mamita. Deseaba tanto demostrarle a mis primos, o quiénes fueran, que yo sabía más sobre su día festivo que ellos. Sin mencionar que quería demostrarles que no había razón para celebrarlo, para no tener que quedarme en Puerto Rico por más de dos horas. Podría haberle volado la tapa a la investigación, como dicen los detectives. Pero no lo hice. Mamita me enseñó que a veces tienes que quitarte la gorra de detective y permitir que otras personas descubran las cosas por sí solos. Además, no podría esperar que entendieran como yo tanto sobre ciertas cosas. Toma años acumular la cantidad de información que tengo almacenada en mi cerebro.

Mi visita a Puerto Rico me había demostrado que no sólo era una detective, o una niña del noroeste, o hasta una puertorriqueña. Era todas esas cosas . . . un poco de campo, una pizca de crema de maní y mermelada y mucha salsa de justicia criminal. Me gustaba.

Seguí leyendo mi revista mientras tomaba chocolate caliente con unas esponjitas extras. Cuando terminé, abrí el archivador y guardé mi *Detective Weekly*. Allí fue cuando me di cuenta que el archivador no estaba completamente cerrado. Me asomé

y vi que los archivos estaban fuera de orden. Faltaban algunos. No lo podía creer. ¡Me habían robado!
Quienquiera que haya sido el ratero, había escogido
a la niña equivocada para robarle. Detective Flaca:
REPORTÁNDOSE PARA EL DEBER.